春风花开

——我所经历的1976—1985年

◎李 呆 著

浙江工商大学出版社
ZHEJIANG GONGSHANG UNIVERSITY PRESS

图书在版编目(CIP)数据

春风花开:我所经历的1976—1985年 / 李呆著.
—杭州:浙江工商大学出版社,2018.10
　　ISBN 978-7-5178-2980-5

　　Ⅰ.①春… Ⅱ.①李… Ⅲ.①回忆录—中国—当代 Ⅳ.①I251

中国版本图书馆 CIP 数据核字(2018)第231636号

## 春风花开——我所经历的1976—1985年

李　呆著

| | | |
|---|---|---|
| 责任编辑 | 徐　凌　谭娟娟 | |
| 责任校对 | 王俏华 | |
| 封面设计 | 林朦朦 | |
| 责任印制 | 包建辉 | |
| 出版发行 | 浙江工商大学出版社 | |
| | （杭州市教工路198号　邮政编码310012） | |
| | （E-mail:zjgsupress@163.com） | |
| | （网址:http://www.zjgsupress.com） | |
| | 电话:0571-88904980,88831806(传真) | |
| 排　　版 | 杭州朝曦图文设计有限公司 | |
| 印　　刷 | 杭州五象印务有限公司 | |
| 开　　本 | 880mm×1230mm　1/32 | |
| 总 印 张 | 9.75 | |
| 字　　数 | 17.5千 | |
| 版 印 次 | 2018年10月第1版　2018年10月第1次印刷 | |
| 书　　号 | ISBN 978-7-5178-2980-5 | |
| 定　　价 | 32.00元 | |

# 序

　　《春风花开》是剑峰回忆自己从1976年至1985年这10年的人生经历,这也是中国社会发生深远变化的10年。从高中毕业、回家待业,到走上工作岗位;从边上班边学习文学创作,到发表文章,"一分辛勤,一分收获";回忆他身边的人和他们的故事。

　　这是非常独特的一个作品。作品以白描、平实的艺术手法,叙述作者自己的成长过程。没有跌宕起伏的传奇故事,没有华丽的辞藻,没有一个完整的人物,没有大悲大喜,没有题旨的玄奥、新奇,不掩饰,不雕琢,不夸张,不矫情,不渲染,不虚构。就这么朴朴实实地道来,依旧很吸引人。我是一口气看完的,没有觉得哪里啰嗦了,哪里味淡了。这让我连想起汪曾祺先生的散文,它们有点像。《春风花开》也像汪曾祺的散文一样,没有结构的苦心经营,平淡质朴,自然天真,不求章法,随着心性感知,娓娓道来。正应苏轼的那两句诗，"淡烟疏柳媚晴滩"，"人间有味是清欢"，这部作品能勾起许多人的记忆，也是这部作品的价值和意义包括艺术的价值在于此。

要回忆和写出这样一本书来，作者得需要功力的。没有这么多的生活积累，没有这份天真淳朴的天性及平和平淡的心情，你就写不出来。文艺创作什么最难？质朴最难，文章实实在在地充满生活气息最难。

书中收集了许多具有生活情趣的故事。《回家待业》这个章节，剑峰写到生产队用水泥船运稻秆，由于"我和老炳在船舱里疯玩、打闹，到了半路，结果水泥船倾斜，水流了进来，水泥船竟然下沉了……害得生产队长连夜组织人员进行打捞。"农村的生活气息，浓浓地扑面而来。

《春风花开》里写人写事写情，几乎是不动声色的，也是自自然然、平平常常的。作者善于巧妙地运用生活的细节，叙述这个故事、这份情。剑峰写了读中学的时候一个"文具盒"的故事，表现那个年代的物质贫乏，还有那一份朦朦胧胧的少男、少女的情愫，悄悄地传递出来了。

简练的笔法，质朴的思维，剑峰善于观察生活中的细微细节，叙说记忆中的人物很是传神，三两笔就可以勾画出一个人物的形象来。如，国初叔赚钱了，天天穿一件"的卡"当时是"高级衣服"，对着人们，"用手掸了掸'的卡'衣袖和前襟说。"在那个电影票很难买到的年月，剑峰写一个个买到电影票的人，"则显示着明显的优越感，趾高气扬，目不斜视，一脸神气地走过，皮鞋后跟的铁钉，敲击着石板路，发出清脆的响声，进入大会堂"。他回忆他和妻子从恋爱到结婚的过程，也是平平常常的。恋爱的时候，他们俩一起第一次去看电影，在买票时，他妻子发现同厂的一个工友也来了，她"害羞地低着头就走。"仅仅用了八个字就勾画出了妻子的忠厚、内秀的品格。

剑峰写情，也是平平淡淡的。当同学们听了毛主席逝世的消息后，"学生之间没有平常的打闹、争吵，连原来到食堂拿饭盒、打菜的争先恐后，也变得很有秩序，甚至是缓慢下来。"这里没有人哭，没有人流泪，却笼罩在一片沉重的悲伤的情景中。记叙江凫生老师去世后出殡的场面，不煽情、不渲染，还原当时的情景，"哀而不伤"。

《妯娌唱越剧》，这些民间艺人生活的艰辛，就这样淡淡地叙述出来，留下一个联想，让读者想去，要是她们知道了公婆去世了，不说自己没有伺候病床前，或许连给老人送葬都没有参加，这要受到多少人的责骂，她心里要经受多少的痛苦和委屈，这痛苦和委屈往哪里诉说？剑峰不说了，让读者想去。

剑峰写景，也有他独特的风味。他写到从家乡去化肥厂上班的第一天，天空"时而飘舞起雪花，落在空旷的田野上"；"我从家乡一个叫五里泾的埠头,孤零零的河岸边用几张石板架起的一个小平台,乘上汽船。我的随身行李是一条捆扎着的棉被,一个用网兜提着的脸盆,一个黄色帆布拎包。经过1个半小时的行驶,又在一个同样是孤零零旁边没有房屋的叫下保渭渚的埠头上了岸。"

这让我想起了鲁迅的那句话,"在我的后院,可以看见墙外有两株树,一株是枣树,还有一株也是枣树"。剑峰在下文里说到,自己上班了,"心好生激动和自豪","激动充满心胸",有许多"美好憧憬",但在单身离开家乡、离开家站在河边的那一刻,他毕竟还是18岁,情不自禁地露出了一种坚硬的萧凉。剑峰在文中用了两个"孤零零",其实是三个"孤零零",还一个"孤零零"的自己。

我觉得剑峰喜欢"花开",却不那么喜欢"月圆"。他似乎喜欢"杨柳岸、晓风残月"这种意境,所以他写文章一直不喜欢把情节推向极致,不把话说完了,留下许多空白,让读者自己弥补,深知"月盈则亏"。月也如此,人也如此,文章也如此,过犹不及。

《春风花开》里开的究竟是什么花呢?我想,开的不是牡丹、梅花、白玉兰,它们太高雅了,而是深深浅浅零零散散地扎根在泥土中的野花,红蓝黄白紫,在春风中摇曳,带着浓浓的泥土的芬芳。

周粟(著名剧作家)

2018年6月

# 目  录

# 第二辑　在　家

## （1977年7月—1978年3月）

# 第三辑　在　厂

## （1978年3月—1985年12月）

第一辑

# 在 校

## （1976年9月—1977年6月）

# 毛主席逝世

  1976年9月初，秋季学期开学了。我在大溪中学升了一个年级，开始了高二生活。新学期发生了点变化，因为我们是"文体班"，学校考虑到我们太吵，便把我们的教室从大门口第一间，挪到西边第一间——角落之地。

  9日中午，我们接到通知，有重要广播，下午四点集中收听。因刚开学，学习似乎还没有进入正轨，何况，我们文体班上午上文化课，下午体育组的训练、文艺组的排练，所以还是比较随意的。四点不到，我们陆陆续续地从教室搬了板凳，到教室外的空地坐下。这个时节暑气还未退去，我们男同学都穿着背心，教室的房子遮住了偏西的阳光。那个时候，组织收听广播，特别是什么紧急广播也是挺多的，大家也不以为然，三三两两地闲聊着。

  直到大树上的高音喇叭响起雄浑、低沉、缓慢的男播音员声音："中国共产党中央委员会、中华人民共和国全国人民代表大会常务委员会、中华人民共和国国务院、中国共产党中央军事委员会……"我们愣住了。

然后是："告全党全军全国各族人民书。"

接着是正文，又复述了前面的领导机构。

以我当时有限的阅历和见识，知道这不仅仅是规格高，而且是极其郑重了。

然后，当"极其悲痛地向全党全军全国各族人民宣告"响起，我真正确切知道这不是好事，而是大事不好了。

"我党我军我国各族人民敬爱的伟大领袖、国际无产阶级和被压迫民族被压迫人民的伟大导师、中国共产党中央委员会主席、中国共产党中央军事委员会主席……"

我头脑里飞快地转动着：是谁，是谁……我这个16岁的少年平时也习惯读报，对国家大事、领导人也是有所了解，到播报的信息越来越多时，也逐渐明白起来。

"……中国人民政治协商会议全国委员会名誉主席毛泽东同志，在患病后经过多方精心治疗，终因病情恶化，医治无效，于一九七六年九月九日零时十分在北京逝世。"

后来的报道，此时"地球似乎停止了转动"。这是《告全党全军全国各族人民书》，不是常规的《讣告》。

这个"告人民书"，从第一句开始，到告知毛主席逝世，从文意上表达，是一层一层地揭开。多年以后，我了解到从心理学上讲，如果要告知人们一件极其悲伤的事，比如亲人去世，得慢慢地、渗透式地进行，不能猛然一句就揭底，这样当事人会承受不住的。如此看来，这"告人民书"的行文不仅仅是出于庄重、庄严，是否还有让全国人民在这两三分钟内能有个心理接受过程的成分？

尽管如此，全国人民仍然沉浸在极其悲痛中，眼泪到处在飞。

《告全党全军全国各族人民书》长长的，包括毛主席的丰功伟绩、对毛主席的高度评价，和哀乐一起反复地高频率地播放着。

我们学校也安静下来，学生之间没有平常的打闹、争吵，连原来到食堂拿饭盒、打菜时的争先恐后，也突然变得很有秩序，甚至是缓慢下来。

1976年中国经历了许多的事情。

党和国家领导人接连逝世。1月8日，周恩来总理逝世，那是一个寒冷的早晨，高音喇叭传来讣告，我们的心如同这个早晨，冰凉冰凉的；7月6日朱德委员长逝世；现在，最高领导人毛泽东主席逝世了。

7月28日唐山发生7.8级大地震。

这就是民间所说的"天崩地裂"。

而摆在中国面前最严重的则是政治问题。"无产阶级文化大革命"进入第10年,仍然坚持"以阶级斗争为纲",政治运动一个接着一个。1976年的清明节纪念周总理逝世,被定为了"四五天安门反革命"政治事件。"批邓反击右倾翻案风"愈演愈烈。"抓"所谓的"革命",却没有"促生产",到处是"停产闹革命",以后评定这个时期是"国民经济到了几乎崩溃的地步"。

《告全党全军全国各族人民书》(图片来自网络)

民众缺衣少食，我作为学校里屈指可数的居民户口，当时俗称是"吃国家定粮"或"吃米簿"的人，也深深地感受到了。每星期到粮管所购买5斤大米，其中1斤是干玉米。

玉米，我们当地大多称为"珍珠米"，应该是以其颗粒形状来命名。以前我曾在自家田地里收获一根玉米，放在粥里烧熟，那真是鲜美。可这加工成颗粒的干玉米，放在饭盒里蒸熟，吃起来干涩又寡淡，很难下咽。当时南方还流传着一句话，叫"吃着珍珠米，想到周总理"。

毛主席逝世后，上级传达命令，全民进入战备状态，学校禁止学生晚上走出大门，民兵则开始在夜间挎枪巡逻。

毛主席的逝世，大家除了沉痛、压抑，还有就是对国家未来的迷茫、担忧。这个问题就连我们这样年龄的学生，也深切地感受到了，这绝不是空话、大话。

# 粉碎"四人帮"

十月，注定是一个阳光灿烂的日子。

九月送别毛主席，报纸上大篇幅刊登了各界人士痛哭的照片。

全国人民除了悲痛、沉重，还有迷茫：中国将向何处去？

但十月，一个拨开阴霾的消息传来：打倒王洪文、张春桥、江青、姚文元反党集团！

根据现在查找到的资料来看：1976年10月6日晚上，以华国锋、叶剑英、汪东升为首的党中央对"四人帮"（王洪文、张春桥、江青、姚文元）实施隔离审查；10月14日，中共中央正式公开宣布粉碎"四人帮"的消息，同时公布了10月7日中共中央政治局所做出的关于华国锋任中共中央主席、中共中央军委主席的决议。

历史走到这里，可以归结为两条：打倒四人帮，拥护华主席。

顺应民心，民心所向。"四人帮"是什么？是造反派，他们迫害老干部,抢班夺权,制造内乱,祸国殃民;华主席是毛主席选定的接班人,是英明领袖,挽救了国家,挽救了党。

因而,当"打倒四人帮、拥护华主席"的消息传来,举国沸腾,衷心拥护,根本不需要官方发表长篇大论,起承转合地论述、解释和说明。

墨汁未干的大幅标语贴满墙壁,人们奔走相告,敲锣打鼓地举行游行活动。对于打倒"四人帮",民间纷纷用一句俗语来称赞——"姜还是老的辣"。意思就是那些造反派,到底不是老干部的对手,终归要被扫进历史的垃圾堆。

当时我父亲是一个公社的书记,打倒"四人帮"的消息刚传来的一个星期六,我回到父亲的公社过休息日,一个公社干部兴冲冲地拿着一叠小信笺的通知过来依次分发。通知是用圆珠笔写在复写纸上复制的,分发到各个大队,内容是党员明天到公社开会,公社要传达中央文件,其中特别强调了一句:"不得缺席。"

然后,大溪区委在我们中学前面的大操场上召开"万人大会",举行庆祝活动(之前我也时常听闻举办"万人大会",因为年少不懂,还以为是"犯人大会",因为以前的"万人大会"大多是批斗会)。这次的"万人大会"也定在星期天,我在父亲的房间睡着,天没亮区委就开始广播,喇叭里播放着音乐和喊叫声,为"万人大会"催场,广播里正逐个叫过去:"某某公社准备好了吗?某某公社集合了吗？……"因为是区委召开的大会，名额分配到各个公社，由公社带领所辖各个大队参加。我父亲公社的一个干部就大喊："准备好了，准备好了!"然后哈哈大笑，又嚷着："快打个电话过去!"因为区委干部在广播室里大声询问，全区广播的听众都能听得到，但听众要回复，你喊得再响，那边也听不到。于是，公社干部在办公室用手摇电话拨打区邮电所，邮电所再转到区委办公室，公社干部报告:我公社准备得如何如何了……

文艺、文学的气息扑面而来了。

副委员长郭沫若先生就在这个十月，写就了《水调歌头·粉碎"四人帮"》，我们学校一进入大门，就能看到宣传栏上张贴着。

> 大快人心事，
>
> 揪出"四人帮"。
>
> 政治流氓文痞，
>
> 狗头军师张。
>
> 还有精生白骨，
>
> 自比则天武后，
>
> 铁帚扫而光。
>
> 篡党夺权者，
>
> 一枕梦黄粱。

野心大，

阴谋毒，

诡计狂。

真是罪该万死，

迫害红太阳。

接班人是俊杰，

遗志继承果断，

功绩何辉煌。

拥护华主席，

拥护党中央。

然后，一首简短、明快、优美，更是唱出了人民心声的歌曲《打倒"四人帮" 人民喜洋洋》，开始到处传唱，广播里几乎天天在播放。

打倒"四人帮"，

人民喜洋洋，

王张江姚篡党夺权不自量。

我们团结在党中央的周围，

"四人帮"滔天罪行要清算，

人民喜洋洋。


打倒"四人帮"，

举国齐欢唱，

反党集团阴谋复辟自取灭亡。

我们继承毛主席的遗志，

跟党内资产阶级斗到底，

红心永向阳。


这个十月洒满了金灿灿的阳光。

天安门广场游行庆祝活动（图片来自网络）

# 喜庆的日子

十年浩劫，国家深受其害，人民群众苦不堪言。打倒了"四人帮"，我们听闻，北京城里的老百姓家家拿三公一母四只螃蟹下酒吃，吃得酣畅淋漓，喝得兴高采烈。螃蟹意即"四人帮"以往横行霸道，如今终于没好下场了；讲究三公一母，则是因为"四人帮"是由三个男性一个女性组成的。

老酒下螃蟹，成为一段往事，是历史进程中的一个细节，但有一首歌历经了四十年岁月，还在那一代人脑海里回响，那就是《祝酒歌》。

美酒飘香啊歌声飞，

朋友啊请你干一杯，

胜利的十月永难忘，

杯中洒满幸福泪。

来来来……

十月里，响春雷，

八亿神州举金杯，

舒心的酒啊浓又美，

千杯万盏也不醉。


手捧美酒啊望北京，

豪情啊胜过长江水，

锦绣前程党指引，

万里山河尽朝晖。

来来来……

瞻未来，无限美，

人人胸中春风吹，

美酒浇旺心头火，

燃得斗志永不退。


今天啊畅饮胜利酒，

明日啊上阵劲百倍，

为了实现四个现代化，

愿洒热血和汗水。

来来来……

征途上,战鼓擂,

条条战线捷报飞,

待到理想化宏图,

咱重摆美酒再相会。

　　这首歌旋律活泼流畅,歌词饱含感情。据说,词作者韩伟不太能喝酒,而作曲者则是大名鼎鼎的人民音乐家施光南,更是滴酒不沾。两个不喝酒的艺术家,成就了一首《祝酒歌》,由李光羲唱响全国。

　　在那段喜庆的日子里,我们文体班的文艺组,更是排练节目,到各地巡回演出。其中直接表现粉碎"四人帮"题材的,有一个节目是双簧,就是一个坐在椅子上表演,一个躲在椅子后面说台词,坐在椅子上的要根据躲在椅子后面的说的台词来表演,内容是揭露"四人帮"搞阴谋诡计。这也是我们第一次见识到"双簧"这个文艺形式。还有一个节目是四个同学分别扮演"四人帮",江青这个角色是由男同学来反串的,服装是女同学们自己用白色和粉色的水纱布缝的,装扮得还很形象。这个节目表现的是"四人帮"既互相争权夺利,又互相勾结,妄想篡夺党和国家最高权力。这两个节目不是我们班里原创，剧本应该来自"上级"，因为当时全国各地都在表演这两个节目。

就在这个时候，学校增添了一套军鼓，我们当地俗称"洋鼓"，就是把几个大鼓背在胸前"嗵、嗵、嗵……"地敲着，后面是七八个横挎在腰间的小鼓，用两支小棒槌敲着，作为和音。我也成为鼓队的一员，学会了敲小鼓，参加游行庆祝等活动。

一次，我们这支学校的鼓队，接到区委的任务，排列在汽船埠头，欢送一队"代表"去县城开会。我看到代表中有一位是与我母亲在同一个公社工作的老干部。这个老干部，我以前时常看到他心情沉重，听他发牢骚，讲"落后话"："完了，完了，这个国家再这样下去，就完了，没救了……"在鼓声中，我对他笑笑，他也对我笑笑。这老干部开心的笑容，还有那满头白发，我至今还记得。打倒了祸国殃民的"四人帮"，他和全国人民一样，恢复了青春，充满了干劲，对未来充满了希望。记得他们好像是"贫协"的代表，"贫协"就是"贫下中农协会"，而他作为基层干部，也是可以作为代表，去参加大会的。

喜庆的日子真是好事连连。一个夜晚，校领导从区委开会回来，站在教室门口，在室内日光灯投照过来的一片光影下，向我们兴致勃勃地传达华主席的指示。华主席指示，从仓库里调拨出多少吨食糖，用来制作饼干，满足人民群众的需求；电影制片厂要多生产电影，让观众每两个月能看上一场新电影。真是送来了物质、精神双重大礼，尤其是以后我们每两个月就能看上一场新电影，那是多么的激动人心。

喜庆的日子过得快，农历年底还未到，但先迎来了打倒"四人帮"的第一个公历新年——1977年。

在几个要好同学之间偷偷地传递观赏着一张张小卡片，后来我才知道这叫日历片。那是有人到杭州走亲戚带回来的，如扑克牌般大小，光光的、硬硬的、滑滑的，一面印着1977年12个月的日期，一面印着风景照片。这是我们第一次见到日历片，那质地，我都不知道是否应称之为"纸"，一面小小的空间，竟然印着365日的

同学送我的日历片

数字，还那么清晰；另一面印着的照片是那么的鲜艳，那么的夺目。

如果说，两个月能看到一部新电影还只是一个激动人心的消息的话，那么这个小小卡片，却如此真切地在我们手间传递，在眼中闪现。这光滑的纸片，现在称为铜版纸，已经毫不稀奇了。可在那个年代，我就亲身经历过，因为供销社里没有白纸卖，学校也就无法印试卷，我们免除了年终考试的真实事件。

还有值得说明的是，日历片一面的照片，全是风景、花卉，连个当今很普遍的美女头像都没有。那个时候，老明星还没有被"解放"出来，新明星还没有诞生，出版社也没胆量找年轻漂亮的女人来拍摄再印制出来，这可是思想意识问题。同学赠送我的是一张菊花的日历片，那恣意绽开的菊花，金灿灿的花瓣几乎占满整个页面，至今想起，心灵还有为之颤抖的感觉。

# 那本《唐诗一百首》

那个休息天，我回家，在底楼杂乱的抽屉里翻到一本没有封面、没有目录、发黄卷曲的小开本书。不知道它来自何方，也不知道是什么时候来到这里的。相对于农村别的人家，我家还算是有点"文化"，有点"客流量"的，父母是"工作同志"，姐姐高中毕业，作为"知识青年"回乡"插队"。

翻开一看，是一本古诗集，我不知道这是一本什么书，但还是深深地被吸引住了。尽管有些读不懂，还需要看里面的注解，有些即使看了注解还是显得有些勉强，但我陶醉其中、沉湎其中。"去年今日此门中，人面桃花相映红。人面不知何处去，桃花依旧笑春风"，带给我满怀的失落和惆怅；"白日依山尽，黄河入海流。欲穷千里目，更上一层楼"，顿让我心胸开阔，豪情万丈；"前不见古人，后不见来者。念天地之悠悠，独怆然而涕下"，让我感觉到苍茫；"君不见黄河之水天上来，奔流到海不复回"，雄壮气势扑面而来……

捧着这么一本书读，饥渴的心灵，真是如饮甘露，不由得感叹，在那么少的文字里，让我得到那么美好的享受和达到某种意境。书中还有几页插图，更是把我带入时间的隧道，进入了遥远的年代。有些字竟然认不了。比如，"红豆生南国，春来发几枝。愿君多采撷，此物最相思"，其中的"撷"尽管知道意同摘，不是摘，但还是读为"摘"。"白日依山尽，黄河入海流"的题目《登鹳雀楼》读成是鹤雀楼。这些错误一直延续了很长时间。

但这些都并不妨碍我对诗歌的欣赏，我被这无与伦比的美所击中，所击蔫了，而变得恍恍惚惚起来。我会为朝霞而陶醉，为落叶而伤神，为绿草雨露而感怀，因为诗歌，世界在我面前变得不一样了。

待两三年后，这书才揭开了谜底。这个时候，我已经参加工作，有了钱购买书籍，更重要的是出版业复苏了。那天，我在新华书店里购得一本《唐诗一百首》，这本书的封面还印有一行红字：中国古典文学作品选读。如获至宝回到宿舍，不禁捧读起来，越读越感觉那么的熟悉。忽然想起，原来家里那本破烂不堪的小书，叫《唐诗一百首》呢。

而之前，甚至不知道啥叫唐诗，随着阅读的增多，也大致了解到，在中华人民共和国成立到我购买这本书，出版的属于大众读物

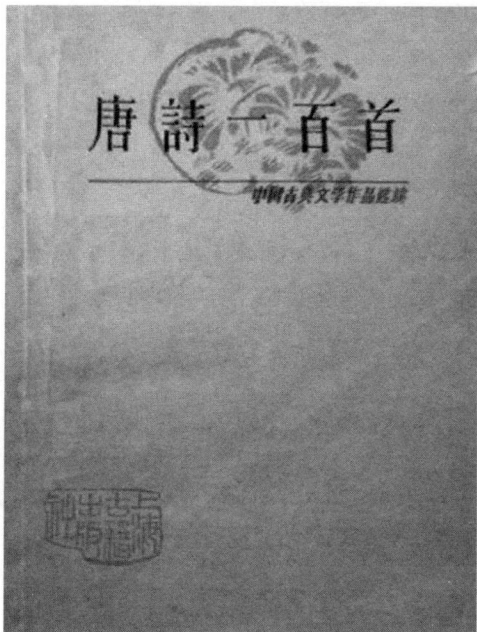

**我工作后购买的《唐诗一百首》**

的,或者说影响广大的唐诗,大概只有两种,一本叫《唐诗三百首》,编者是清朝的蘅塘退士;一本就是《唐诗一百首》,是中华人民共和国成立后编的精选本、普及本吧。而我一个高中生面对《唐诗一百首》,竟然不知道是何物,那本破旧的《唐诗一百首》是我第一次接触到的中国古典文学。

至于现在,小学生课本都选有唐诗,而唐诗选本那是多得数不清了,书店里摆放得那叫一个琳琅满目,好多封面就写着:适合3—5岁儿童读本。真是换了人间。

# 校图书室

晚饭后，在等晚自修的间隙。

我们班的寝室紧挨着教室，而校图书室就在教室隔壁。那个管理图书室的老教师就站立在图书室门口，刷"牙"——手里拿着那两排假牙，用刷子清洗着。他的瘪嘴正向我们班里一名父亲有点名堂的同学"呜呜"地说着："可不要乱翻呀，把门关上呀。"——那个同学已拿到了图书室的钥匙，开了门进去，赶紧关上了门。我几次欲开口与那老教师说话，但到底开不了口。

刚经历过一个奇特的学生不读书的年代，即使在打倒"四人帮"后，我们大多数同学也属于"朽木不可雕"了，毕竟欠的"债"太多了，哪能一下子奋起直追就赶上，何况面临毕业也不到一学年了。但没有课外读物，起码对我来说是一件痛苦的事。于是，隔壁的图书室对我一直充满了诱惑，弥漫着神秘的色彩。

　　图书室只有一间教室大小，它的左右都是教室，想必这个图书室也没有特别之处，只是原来的一间教室被当作图书室来用罢了，这管图书的老教师也就住在这里面。

　　图书室的门只在管理图书的老教师进出时打开，然后就马上被关上。借书的窗口紧靠着我们的教室，那窗口小小的，只有脑袋般大小，墙又是厚厚的砖墙，因此我们每次借书时尽管伸长着脖子，也只能看到某个书架的一角。

　　每班都有一两本手刻、油印的借书册，登记着编号、书名、价格等，要借哪本书就把它写上你的借书卡，每次只能借一本，但可以多写几本，甚至十多本，管理图书的老教师可以为你从上到下找书。每次班干部会把班里的借书卡收集齐提早送到图书室，轮到你的班级借书时，你就排在窗口，等到你时，你就喊自己所在的班级和姓名，老教师会递给你一本书，也许什么也没有，因为你填写的所有书都已被别人借去了。说实话，那时还有什么书呢？

　　那位老教师快退休了，头发花白，而且头顶秃得光光的，瘪着嘴巴，说话慢声慢气，因为他的两排牙齿都是假的。他也许是从教师岗位上退下来做图书管理员的，也许就一直做图书管理工作。

　　在我的心中愈来愈强烈地涌动着一个愿望，那就是多么希望有一日能让我走进这图书室，贪婪地检阅那一排排架上的书，置身于那浓浓的书香氛围之中，这将是我无与伦比的享受与幸福。假设当时有一间金库(或者类似阿里巴巴打开的藏满金银财宝的山洞)和这间图书室供我选择其一进去观赏,我相信,我会毫不犹豫地选择后者。

但是,这个与我教室的门同样大小的门,对我来说,犹如铜墙铁壁,跨进去是何等的艰难。

我心中明白,要想进入图书室,必须或者说唯一的途径就是与那借书的老教师套近乎,拉上关系。有极个别同学就享受到了这个殊荣。每次当那老教师出来时,我总是痴迷地望着他,可由于自己生性内向,不善言谈,更不善于"外交",因此,我也只能痴迷地望着他。

有一个下午是劳动课,我们班接到了一个任务——为图书室修补图书,就是把破损的图书,尤其是封面,用那黄色的马粪纸进行粘贴,我们借到的书好多是这个样子的。可这个任务要的是女同学。一群女同学像风一样飘进去了,我一闪念——我为什么不是个女的呢?

直到离开这所学校,我也没有与那老教师说过一句话,更没有跨进这图书室。

如今,那个有点潮湿的弥漫着神秘色彩的图书室,对我来说,永远是个心头的谜了,我很想念着它,还有那个花白头发瘪着嘴巴的老教师。

# 写故事

打倒了"四人帮",带来了新气象。那天中午,我正在课桌前专心地重读着一册油印刊物。这是一本县文化馆新编印的"故事集",十六开,说是"故事集",其实也就是几篇,因而薄薄的,当然是单面印的。

班主任过来拿起来翻看,也是大为惊喜和感兴趣,竟然还有这样的"书",他还提议我什么时候上台开个"故事会",让同学见识见识。

上台开"故事会"不是我的本意和志向,更非我的擅长,但我正在实施另一个行动:写故事。

这要从这本油印的"故事集"说起,而这本"故事集"又要从我与老炳说起。

我家与老炳家住得相近,他与我同辈,长我几岁,我们是好伙伴。他只读过初中，但人聪明灵活。他读书成绩好，本来是可以升到高中的，因为老炳的父亲去世得早，出于家庭经济的原因，他就把上学的名额让给别人了。我小时候就见过他瘦小的母亲，也与男人一样下田插秧、割稻，所以老炳就辍学参加生产队劳动了。

老炳是大队的活跃分子，文艺宣传队的骨干，不但口才好，随时来句俗话、顺口溜什么的，而且还会写诗（当然从现在来看，是不讲究平仄、押韵的）。记得大队宣传队曾经排练一个小戏节目，内容是一个落后农民（中间分子）受到一个富农（坏人）的挑拨，与生产队对着干，后来如何受到教育重走正道的故事。原来剧本中这个富农是不出场的人物，但老炳硬是增加了这个角色，显而易见，这个小戏的可看性是大大增加了。还有一年在准备春节节目时，我们想到曾经听过一个"革命故事"，就是一个游击队交通员，如何通过国民党反动派的岗哨，把情报送出去，最后消灭了敌人的故事。我们认为可以把这个故事改编成小戏，但手上没有这个故事的原文，于是，老炳和我一起到了十几里外的泽国区文化站，找到"麻子"站长，但也没有如愿以偿。我们就凭着记忆，一起把原来的故事改成了剧本，在春节还真的上演了。只是同为宣传队的海月说过一句话：这台词怎么就觉得有点别扭呢。当然，从现在来看，她的评判是中肯的，戏剧语言的要求可高了，而我们那个时候一定是写得文绉绉的，学生腔。

住校读书，星期六下午放假我一般到父亲或母亲单位，星期日下午或晚上回校，带回来一元多生活费和五六斤粮票。但也会到相对远一些的老家，也就是奶奶处，而寒暑假是必定要回老家的。

这本"故事集"不知是直接寄给大队的，还是老炳从区文化站或公社拿来的。我和老炳在读到这些故事，得到文化享受外，也得到一个信息，就是县文化馆会发表当地作者的作品。我和老炳蠢蠢欲动，凑在一起，开始商量、合计。休息天过后，我把这本"故事集"也带回学校，着手写故事了。

如果用专业一点的话来说，这故事的立意、人物和情节，我们一起商量，之后由我来执笔。

故事终于写成了，还蛮长的，大概有十来张稿纸，整个故事讲什么，我已经忘记了，但"关键部分"还记得：那个富农分子关起门来，一边咬牙切齿地自言自语，一边砸碎玻璃，往要上交给国家的花生袋里掺玻璃碴，结果被警惕性极高的革命群众破门而入，当场抓获。

哈，这没有什么奇怪的。我就曾经读到一本正式出版的书，说是夜深了，一个"插队"的知识青年坐在床头看书，床前是一只富农送的闹钟，在"嘀嗒嘀嗒"地走着，忽然，这个知识青年觉得不对劲，连忙拿起闹钟往外跑，随手把闹钟扔出去，就在这个时候，闹钟"轰"的一声巨响，爆炸了。原来闹钟里藏着定时炸弹。

那个时候，一切"以阶级斗争为纲"，要"绷紧阶级斗争这根弦"，"阶级斗争"是文艺的主旋律。现在看来，我编写的这个故事不仅情节荒诞，而且细节也不真实——我们这个地方又不产花生。

这个故事还是寄出去了，寄到县文化馆，最后没有了音讯。这应该是我第一次投稿。

# 女同学的礼物

我们坐的课桌，不是推进拉出的抽屉式，而是翻盖式。也就是说，打开盖子往书桌前一放，书桌里的东西就一览无余，整理起来很方便；一关上，再挂上一把小锁，就是私人领地、隐秘世界。

课桌里也就是几本课本，一个墨水瓶，一本新华字典——这是从小学开始就陪伴我的唯一工具书。课外书很少，偶尔会出现一两本，但还有一个"文具盒"。

这个"文具盒"，说得明白点，其实就是针剂盒，也叫注射液盒，俗称"打针盒"，是用粗糙的纸板做成的，因为太粗糙了，外表用白纸粘着，正面则贴着产品说明书，介绍该针剂的功效、用法和注意事项等。盒内也用纸板分隔着，一槽一槽的，躺着10支针剂，因为针剂有大有小，纸盒也就相应有大有小了。而把它当作文具盒使用时，我们一般会撕掉原来一槽一槽的纸板，这样可以多放东西。

出于好奇，现在我上网搜索了一下，以前的针剂盒已经找不到了，当今的针剂盒小巧精致、洁净光滑，而且不同的是，以前我们用的针剂盒都是翻盖式的，现在大多是抽屉式的，里面则是塑料制作的一个个凹槽，每个盒子大多只能放三五支针剂。

我们拿针剂盒当文具盒，这还并不是每个人都有的，它属于稀罕物呢。要想拿到针剂盒，当然得靠点关系，从卫生所、卫生院要来。医生打完了针剂，那盒子就多出了。我的针剂盒则来自兽医。我父亲和母亲都是公社干部，每个公社的院子里都住着一个兽医。这个兽医也挎着医生一样的卫生箱，有农民上门求诊时，就下村入户，给猪啊、牛啊诊治，也有一大早，农民用竹笼扛来或挑来小猪，上门求诊。兽医就从寝室里拿出卫生箱，给小猪量体温、打针。我就在旁边观看，我的"文具盒"就是向兽医要来的。

高中生了，青春期，男女生有交往的，有交流的。坐在我前面的一对男女生，就时常在晚自修时黏在一起，说的就是自己喜欢吃什么面食糕点，还不亦乐乎，津津有味，外人看来都觉得他们有那么一点意思。

也有个女生时常与我聊天，她叫美丽。聊的是什么早已忘记了，起码彼此聊得来，有好感。那天不知是课间还是晚自修，我整理着书桌，那个文具盒已经瘪塌塌了，四角都已开裂，我很是惋惜。美丽同学说，我有，我送你一个。我喜出望外：真的？美丽同学说，我放在家里，下个星期带来。

星期一晚自修时，美丽同学真的递给我一个"打针盒"，比我的还要大，礼物真重呢。我马上拿钥匙打开书桌上挂着的那把小锁，把原"打针盒"里的钢笔、橡皮擦什么的，搬到这个新的"打针盒"里来。

一个妙龄少女，星期六放假回家的路上是如何记着给一个男同学带文具盒的呢？ 回到家，她又是怎么把文具盒塞进挎包袋里带到学校的呢？ 她有这么大的一个打针盒，又怎么舍得送给我呢？ 想想就激动，想想就有令人心跳的感觉。

一直到毕业，我还把这个文具盒带回家继续使用呢。

当然，后来，后来……就没有了。

# 支工还是支农

离毕业越来越近时，一个问题也压在我胸口，那就是我毕业后将去哪里。因为我是城镇居民户口，这在当时是令人羡慕的，大溪中学这一届有5个班级毕业，大概有300名学生，城镇居民户口的应该不到10人，而我们班占了6人，因为我们班是文体班，干部子女多。中学毕业居民户口的学生将有两种去向："支工"或者"支农"。"支工"就是"支援工业"，去当工人，当然也有进入当时的商业主渠道供销社的，这算支援"商业"了，在大城市有当公交车司机的，这算支援"交通"了，因此对这"工"，我看理解为"工作"更恰当；"支农"就是"支援农业"了，也有多种选项，或者"支边"，就是到遥远的边疆落户，或者到本地附近的农村"插队"，"插队"里还有一个"分支"叫"回乡插队"，那就是回到你家所在地的生产队，前提是你老家本来就在农村某地。当时对"支工"和"支农"有个通俗形象的说法：这是穿皮鞋和穿草鞋的区别。

有一个星期日，全家难得聚在老家，父母召集我们三姐弟，开了个家庭会议，父亲主讲，把我毕业的去向问题提出来，叫大家讨论。姐姐说，她已经插队了，哪能叫我又去插队呢，以后的事以后再说。意思是，我再去插队家里岂不是吃亏了？轮到小弟了，那就以后再说。"支工"和"支农"也不全由家庭说了算，只是在政策的框架下家庭还有些选择权。姐姐两年前中学毕业，已经"回乡插队"了，而当时的政策大体是这样的，一个家庭的子女第一个是要"支农"的（除非有特殊原因，比如身体残疾），那就换来第二个子女"支工"的条件；那时子女多，于是，第三个子女"支农"，第四个子女"支工"……弟弟比我低一个年级，也就是说，第二年他也要毕业。我说，服从家庭安排，都行。而弟弟则自告奋勇说："我去'插队'，我去'插队'！"于是，这件事就这么定下来了，并不像有些家庭，为谁去"支工"还是"支农"吵得不可开交，甚至大打出手。后来我姐姐说，弟弟当夜睡不着觉，想的全是以后插队下去该怎么办，如何面对，包括怎么样才能抽调上来。（因为插队下去锻炼后，还是可以抽调上来工作的。）

其实在此之前，我已经听到一点消息。区委一个干部的儿子与我是同班同学，他听区知青办（知青办即知识青年上山下乡办公室）工作人员讲，我父母的意思是让我"支工"，理由是我内向老实，身体也弱,而弟弟活泼,身体也好。应该是我面临着毕业,知青办曾向我父母征询意见,我父母已经给出了答案。对于这样的"小道消息",我既感意外,也是欣喜,又不敢相信。这个家庭会议后,我也终于明白,原来父母是心有定数的,只是在我们姐弟面前"走程序"。"程序"也走得非常和谐完美。

我当然非常高兴,父母照顾了我。从家庭上讲,让我这第二个子女"支工",也是实惠的做法。而从政策的变化来说,这也是一个非常幸运的选择,因为不但当年下半年就恢复了高考,高中毕业生有了一种新的选择,而且第二年即1978年,城镇居民的子女毕业后,不再"上山下乡""支农"了,而是全部进入"支工"行列,也就是

当时号召知识青年到农村"支农"的海报(图片来自网络)

"包分配"。随后全国大批原来"上山下乡"的"知青"进入返城洪流。

确定我为"支工"后,区委知青办的工作人员通过区委干部的儿子捎口信给我,让我去拿表格。晚上我去了,接待我的知青办的工作人员是位三十来岁的男子,他的姓名我已经忘记了,只记得他长得端庄文静,穿得端正干净,办事细致耐心,告诉我该如何填写。我带回教室,按照表格,在另外的纸上写好内容,请班长也是我的好朋友林忠良抄写上去。林班长字写得好,而我呢,写得相当蹩脚、潦草,到现在还是这个样子。在一个晚上,我到区委把表格交还给这位知青办的干部,他翻开阅读,夸我的字写得好。

# 分别照和留言本

　　春风徐徐，天气渐渐暖和起来，接下来就要毕业了。那个时候，学制是初中两年，高中也是两年。大溪照相馆成为热闹场所，同学们结伴前去拍照。这里是大溪唯一的照相馆，当然是"公家"办的，就在104国道旁边，区委大门口的斜对面，一间老房子的二楼，木地板，走上去有响声，会晃动，相邻的房子好像已经倒塌了或是被拆了，裸露着一些砖瓦和木架。

　　照相馆墙壁上挂着几个玻璃框架，里面夹着以前拍摄的照片，当作广告或样品。一台四只脚的老式照相机架在中间，拍照的人坐到对面，以身后的白布作为背景。照相机上面蒙着一块黑布，拍照师傅撩起照相机上面的黑布，把头钻进去，对着镜头。镜头如一个木箱子，可以伸缩。当拍照师傅觉得镜头对上了，光线调好了，就从黑布下面钻出来，在身后拿起一个木板子，按到照相机上。这个时候,伙伴在拍照,我们就在旁边观看着。我们看到这个按上去的木板子上,有个小方框,映出了拍摄的头像,应该是胶片。但这个映出来的与前面坐着的人的头像是相反的,就是倒立着的。拍照师傅与我们解说过原理,但我没记住。拍照师傅拿起一个橡皮气囊,而橡皮气囊有一根气管连着照相机。照相师傅对着前面喊着:别动,就这样,笑一笑……然后猛地捏了一下气囊。拍照完成。

**当时照相的场景(图片来自网络)**

我们拍的是半身的一寸照,冲洗三张或者六张打底,需要几角钱,你要加印,就得另外加钱。当然,我们都得加印,全班同学有六十个,就是根据关系亲近,送一半同学,也要三十来张。很难得拍一张照片啊，去拍照片时激动，拍了照片回来，我们又激动中带点忐忑地等待。到了约定的时间，我们呼朋唤友去取照，拿来后得自己先看个仔细，端详个够，然后才开始分送给同学留念。

除了赠送照片，还有就是拿着一本笔记本，请同学签写毕业留言。

我的笔记本是一本宽大的、蓝色塑胶面的，是同学在校田径运动会中得到的奖品，他又转送给了我。我这本笔记本里一页页都是同学写给我的字体各异的留言。

翻阅我的留言本，从内容上大致可分为两类。一类充满着跨出校门、走向社会的豪情，刻印着时代的痕迹。尽管在当年的十月份恢复了停止十年的高考，但当时毫无讯息。因此，这对于全体同学来说，意味着学生时代的结束。那时商品经济大潮也毫无迹象，对于绝大部分同学来说，唯一选择就是回家"修地球"。但是，留言中也不乏革命豪情和浪漫色彩，不妨摘录如下："一颗红心干革命，海枯石烂不变心。""学好理论方向明，三大革命炼红心。""什么是理想，革命到底就是理想；什么是前途，革命事业就是前途；什么是幸福，为人民服务就是幸福。"……

尽管我是班里屈指可数的具有城镇户口的人，而且已明确了去向——"支工"，但仍收到诸如"虚心接受贫下中农再教育，在三大革命斗争中百炼成钢"之类的赠言。

第二类是表述、歌颂友情的。

我在这本留言本的开篇写道："友谊并不是生活的装饰品,友谊是一种幸福,一种力量。"请看其他同学的留言："友谊万岁。""同学友谊深如海,千年万代永相连。""您的幸福,也是我的幸福;您的痛苦,也是我的痛苦。"

其实这些句子,只是一届又一届毕业生流传下来的浪漫和矫情。在那个没有什么可抒情的年代,仅仅只是毕业这个点,可以依托,来一些豪迈和温柔。但我们有理由相信这些真的又有几分是

1977年6月,我和同学们拍摄的一寸照

感情表达，在那个清凉的早晨，我们背着行李被铺走出校门时，大家都情不自禁地流泪了。

流泪是因为同学的惜别，绝不是对校园的留恋。毕业对于我们绝大部分同学来说，是一种合法的逃离，有面子的解脱，再在学校蹲下去，无异于浪费时间——浪费自己的时间，也浪费老师的时间，因为我们在学习上已经不可收拾，而所谓的奋起直追简直是天方夜谭。

第二辑

# 在　家

（1977年7月—1978年3月）

# 回家待业

1977年7月5日上午,我中学毕业,回到家里。

在我人生的前17年,除了在家读过一年书外(大概是小学二年级),我都在大溪区生活和读书,因为父母是大溪区所属公社的干部;老家则在相邻的泽国区牧屿公社池里大队,但我的粮户关系是跟随母亲在外的。因此,这池里大队,对于我来说,既有家乡那种特别亲切的感觉,又似乎有点"客居"的味道。

我结束了我的学生时代,并对未来有着喜洋洋的期待。因为我回到家的同时,带回了一张巴掌大的"待业证",这是大溪区委知青办发的,这"待业证"相当于当时的"包分配证"吧。

有了"待业证",要待多久才能安排工作呢?这就像"上山下乡"的"插队青年",什么时候才能抽调回城一样的——这谁也说不上。

于是,我在家乡待了除读小学二年级外最久的一段时光。

母亲是一位公社干部,心里还是怀着"要接受贫下中农再教育"的思想,看我整天闲着,就要我到生产队参加劳动。我去劳动当然不能挣工分,也不会给我记工分,属于纯粹的义务劳动,或者叫劳动锻炼。不知是羞涩,还是怕苦,我迟迟没有去,当时正是夏收夏种大忙季节,母亲又回家来,见我还是闲着,就催促,我推诿说,我总得与生产队长打个招呼。

到底还是去了。生产队的农田,一部分就在屋前宅后,一部分则是隔了一个村庄,再过一座大桥,沿着河岸走,一片光秃秃的田野,连午饭都得家里派小孩送去,如果遇到下雨,连棵遮雨的树都没有。我拿着一把镰刀,戴着一顶笠帽,顶着烈日,弯腰学着割稻,先把收割来的一把把的稻秆放在身后一个木结构的"稻架"上,待放满了,农民会把它担到身后的打稻机上脱谷,最后,农民把稻秆和稻谷分开装上小船,摇到家去。

一天,生产队里的水泥船载着脱了谷的稻秆往家里运,一个社员摇着桨,我则和老炳在船舱里疯玩、打闹,到了半路,水泥船突然倾斜,水流了进来,水泥船竟然下沉了,幸好这码着的湿漉漉的稻秆没有散开,也没有下沉,还是整整齐齐地浮着。我和老炳还有那个社员就站在水里,沿着河岸,推着犹如冰山似的稻秆垛,往家里的埠头走去。稻秆运回来了,可水泥船还沉在河里,害得生产队长连夜组织人员进行打捞。

　　不但要参加农业生产劳动，还要搞创作呢，一搞就得来个长篇小说，还是写抗日战争的。夏收夏种后，有一次我去了一个同学家。这同学毕业后管起了大队民兵室，因此我曾在那边借了一叠图书。说实话，这些书并没有让我的心灵为之一震、眼前为之一亮，不但书薄，而且内容单一，大多是知识青年插队落户，接受贫下中农再教育，进行思想改造，连个打仗什么的都没有。于是，一个伟大的计划在我心中形成，我要利用自己的空闲时间创作一部长篇小说，以后我就是一个名震天下的作家了。

　　我构思了八路军一个特别战斗队，深入敌占区，进行惊心动魄的战斗。我设定这个战斗队有多少人，重点是装备多少精良武器，每人扛一挺机关枪，腰插一支驳壳枪，还背有多少枚手榴弹，这样才显得有战斗力，打起仗来精彩。我还生了点私心，把家庭成员的名字都嵌进这些八路军战斗队的名字里，那可是流芳百世的事。开头是这么写的，夜色中这支队伍在前进，到河边与地下党接头，然后由地下党用船运过河……我写到这，就感觉卡壳了，这支队伍来到约定的地点，如何与藏在黑暗中的地下党接上线呢，也就是如何自然、合理地又充满机智、惊险地对上话呢？设想一，战斗队来到目的地，队长就说接头暗号。可，这不是有病吗？队长面对空荡荡的夜色说暗号？这地下党藏在哪里，能听得见吗？设想二，藏在暗中的地下党工作者见到有人过来，主动出来。那这地下党出来先说的是什么话呢？费脑，费脑啊，琢磨得头脑昏沉沉的，也没理出一个清晰的脉络来，更何谈妙笔生花，下笔万言。

创作抗日长篇小说不了了之，那我就转行搞创造发明。我家有个广播，在二楼的室内，每天三次接收县广播站的广播。好像听人说过，或者就是我实发奇想——接广播的电线来照明。我们用的是煤油灯，怎么也得搞个现代化出来，用广播电线上的电来照明，既卫生，又明亮，还不费钱呢。我买来一枚手电筒的电珠，需要说明的是这个电珠比一般的电珠还要大，应该是三节头的手电筒的电珠。我物理没读好，但正电、负电这些基本知识还是懂的。我找来两根电线，分别接到广播的两根电线上，其中一根肯定是正电，另一根肯定是负电，再把两根电线的另一端缠到电珠的屁股上，可不管我如何捣鼓，电珠就是不会亮！我心想，白天广播线的电力不足，那就晚上来弄吧。晚上再接上，还是不会亮。反复数天，还是不行。摸摸裸露的电线，一点触电的感觉也没有，哪怕是微小的。我又想，乡下路远，电过来就无力了，在县城这个做法肯定行。

创造发明又遭遇失败了。

直到现在，我还在想着，失败的原因究竟在哪里呢？是真的电力不足，还是我的装置不行——两根电线直接缠在电珠屁股上，是不是有问题？

# 读《班主任》的颤抖

我躺在自家屋檐下的稻草堆中,捧着一本杂志读着,秋天金黄的阳光照耀着,暖洋洋的。

读着读着,我的身体开始发抖,那是发自内心的恐惧和震惊。那份战栗,来源于手中这本杂志上的一篇小说。

我手里捧着的是刚出版的1977年第11期的《人民文学》,这期杂志上,刊登着刘心武的短篇小说《班主任》。

随着小说的展开和深入,我无异于感觉那小说是在喊"反动口号"。那小说把我们原来受到的"正统"教育完全颠覆了,那简直是"异端邪说"。这份感觉,犹如大白天撞着了鬼。

其中最突出的是,文中对那原来让人生厌的、应该被批斗和唾弃的"小流氓"宋宝琦给予了同情和关心,却对那先进人物的班级团支部书记谢惠敏给予某些否定。

那个时候,人民获得第二次"解放",到处飘荡着"打倒四人帮,人民喜洋洋"的轻快旋律。但同时,"两个凡是"是金科玉律,"揭、批、查"运动如火如荼,我村里(当时叫大队)的生产小队的仓库里,关满了参加学习班的乡亲。

再回转到这篇小说上来。

从现在的眼光看,这篇小说谈不上有多"艺术",情节推进缓慢;除了谢惠敏、宋宝琦之外,人物标签化,张老师、尹老师、班级文艺委员石红及作者,都有大段的说理议论。

这小说的威力就在于,它在名义上还维护着"文革"的权威,但在骨子里却否定了"文革"的实质。

之后,这篇小说一下子轰动了全国,似乎是黑暗的深夜掌起了一盏明灯,沉闷的天空中响起了一声惊雷。后来它又被称为"严冬里的报春花",也成为"伤痕文学"的开山之作。

这篇小说是幸运的,既然事后诸葛亮称其为"报春花",那么,这"报春花"开了后,春天就不期而至了。假设,春天没有如期而至,那这小说又是什么?所以说,刘心武和他这篇小说是幸运的。

《班主任》成为历史,但这篇小说在历史上的功绩和地位是谁也抹杀不了的。还有,我在稻草堆中瑟瑟发抖的情景,我也终生不会忘怀。

# 做生意

1977年以"学好文件抓住纲,深入揭批四人帮"为主线。

温岭县委向各个大队派驻了工作组。县委工作队是被敲锣打鼓迎接进来的,说起来,我还是敲锣打鼓中的一员。严格来说,我不是大队里的人,但文艺宣传队里几个骨干分子都是我的好朋友,那天下午我在参加生产队劳动时,他们匆匆跑来叫我,说工作队就要来了。我记得五六个工作队成员是乘着小船而来的,我们列在水埠头敲锣打鼓迎接。

然后,县委工作队举办了学习班,大队下面的生产小队的仓库都住满了人,让他们交代问题。住学习班人员的家属每餐提着篮子给他们送饭。学习班中一类人就是做生意的。做生意是什么啊?那是走资本主义道路。走资本主义道路,那就必须批判,必须清算。学习班办得蛮长的,人们在转述着其中一个外号"活溜鳗"

的人的话：问题我都交代了，可得快放我出去，我出去，一天就可以赚得多少钱。他的外号之所以叫"活溜鳗"，是因为其人灵活、活泛，要不怎么能做得了生意？

我家前幢有个干部，人在外面工作，一家人也在外面安家了，有一天偶尔回来，说起一个令人吃惊的事。他说，泽国街上有个人，长期在泽国中学门口抱着一只木桶买"豆子芽"。（所谓"豆子芽"，就是把大豆煮熟，放到一个木桶上用布、塑料纸裹着当点心卖，每笔生意不过一分钱或几分钱。）工作队把他叫来参加学习班，工作队队员说，你老实交代，一天能挣多少钱？他告诉他们，一天能挣多少钱。工作队队员说，你卖了几年了？他说，卖了11年了。那好，工作队队员开始算账，一天挣的钱乘以365天，再乘以11，等于……那还了得，竟然还赚了这么多！快把这钱交出来，还要罚款。

也就在这一年，县里搞了个统一集市日的行动，还贴出了布告。我们知道，集镇、小街，有一个集市日，10天里有2天。以农历计算，比如，某地的集市日是"一、六"，某地是"二、七"，某地是"三、八"……后来知道，县城是10天里有"三、六、九"3天集市日的。像泽国的集市日是"四、九"，我们牧屿的集市日是"二、七"，就是说逢到农历初二、初七、十二、十七……都是集市日。为了打击投机倒把，让做生意的人没有"空子"可钻，县里把全县的集市日统一起来,所有的集镇、小街都在这两天集市,这样让设摊做生意的人不能每天跑集市日,10天里只能做2天的生意。我记得逢泽国原来的集市日时,不但广播不断发布公告,还派民兵到泽国街的各个路口,拦住人不让进入。

这个改变集市日的做法,不久就不了了之,因为这么做不方便人民的生活,集市日的习俗那是几百年、上千年形成的,岂能说改就改、说撤就撤。

在政治上打倒了"四人帮",我们觉得一片光明,但经济上怎么是这个样子呢,我也觉得郁闷。那是"左"的一套还在作祟。

做生意这一道"红线",还是碰不得,甚至持续到我上班之后还存在。"做生意"这件事,直接影响了我认识的两个人的前途。我的初中是在我母亲所工作的公社上的,上班后的一个休息天,我来到母亲公社,问起我初中班长的状况。我的初中班长比我大好几岁,初中毕业就没有再进入高中学习,他不但年纪大,也老成持重,有能力。母亲说,公社原来是想提拔他当大队干部的,但后来调查中得知,他在外面做过生意,这事就不成了。

打倒了"四人帮",到处在提拔大队、公社两级的干部。有一个高中早我两届毕业的人,与我比较要好,有来往,他从上海当兵退伍后,来到厂里找到我,说村里正在选拔干部,要我父亲给区里打打招呼,正好我父亲在县里开会,住在招待所里,我们赶去,也刚好找到了。

　　事过好久，我们再次遇到，他说起那件事，一是激动啊，区委副书记亲自到他村里调查，说明真的重视。二则有点黯然了，经调查发现，他做过生意，那就没办法了。

# 妯娌唱越剧

在我家的前幢，有相邻的两户人家，主人是亲兄弟，他们的妻子用书面语来说是妯娌，在我们当地叫"两叔伯姆"，他们各有三四个孩子，与我家姐弟年龄相近，是挺亲近的玩伴。

以前就听说过，她们妯娌都是"做戏"的，这个戏是指古装戏。我小小年纪就在想，这两个"做戏"的，怎么刚好嫁给一对兄弟，成为妯娌呢？这是上辈人的事，我当然不知晓了，我们也没有看过她们演的戏，"做戏"在那个年代属于"封、资、修"的东西，早已被禁止。但我曾在一个春节，在大队的戏台上看过妯娌中一个演"红嫂"。大队文艺宣传队里都是些二十岁左右的年轻人，有些只有十几岁。在贫穷又无聊的日子，年底了，大队小学里夜夜锣鼓敲得"咚咚"直响，有些是在排练节目，有些则是纯粹在看热闹、在玩。

"红嫂"是当时在中国引起很大轰动的芭蕾舞剧《沂蒙颂》中的

女主角。该剧大意是解放战争时期，一个解放军排长打仗受伤，被沂蒙山一位大嫂救起的故事。其中有个细节是大嫂用乳汁喂养了这个伤员。主题歌曲是《我为亲人熬鸡汤》，又叫《沂蒙颂》，很是好听。


蒙山高，沂水长，

我为亲人熬鸡汤。

续一把蒙山柴炉火更旺，

添一瓢沂河水情深意长。

愿亲人早日养好伤，

为人民求解放，

重返前方啊重返前方……


　　一帮小青年占领的大队文艺宣传队，怎么演得了一个大嫂呢？诗朗诵、三句半、相声之类的，年轻的、年少的可以胜任，而红嫂这个角色，他们压不住阵了，便请来这个演古装戏的来演现代戏，毕竟除了年龄适合外，她还有演戏的功底在，台风在，也算是另外一种"古为今用"了。大队里演的"红嫂"肯定不是芭蕾舞剧，应该是这个剧的片段，或者就是在这首《我为亲人熬鸡汤》的音乐声中演熬鸡汤的情景吧？我不记得了。

但她化了妆，换了服装，上了戏台，这中年妇女一改平时的模样，在我这少年眼里，非常的美，美得有韵味，记忆深刻。

打倒了"四人帮"，广播里唱起了《绣金匾》《南泥湾》《我的祖国》等旋律非常优美，而且饱含着强烈感情的歌。接着，在农村开始演出古装戏了，在我家的四周时常传来某某剧团来演戏的消息。

这是民众长久压抑之后爆发出来的心理渴求。

我前幢的妯娌当然闻风而动，重温旧业，由家庭妇女、农村妇女一下子成为忙人，成为职业女性了，还是属于文艺类型的职业女性呢。那时，她们应该四十多岁了，依然收拾行装，长期奔忙于外，即使回家，也是来也匆匆，去也匆匆。她们被临时组建的草台班子"收编"，也跑场子，演的是路头戏、提纲戏。这当然赚钱了，应该收入还是比较丰厚的。10多年后，在我家屋檐下，时常有一群老人与我奶奶坐着聊天，妯娌中演过"红嫂"的那一位也在其中，她中风后，手脚不便了，但她是这群人中最年轻的。那阵戏剧风也早已过去了。有一天，我回家看望奶奶，在房间里，听到那位"红嫂"说，那个时候演戏非常辛苦，生病了也要硬撑着上台，就是家里捎来了口信，说某某的公婆去世了，大家都给压下了，不给转告，因为一个演员如果临时缺席，整场戏就不能演了。

看这些戏的似乎都是有些年纪的人，我与大多数年轻人一样，没有去凑这个热闹，感觉这些做戏的，穿着古代服装，多假；一句话,呜啦呜啦地唱个没完没了,多慢;演的全是"小姐私定终身后花园,相公落难中状元"的内容,多俗。我喜欢看电影,如果是打仗的内容,那就更喜欢了。

当时,有年少者断言:等我们长大了,这些戏就再也没有人看了。而到了现在,每年春天我家附近的菜场边,都会搭台上演越剧,我在上班途中会情不自禁地驻足,只是要上班,只能匆匆离开;傍晚我散步出来,附近也有演出,我想挤进去看,因为人太多了,只能远远地站着看一会儿,失望而归。好想以后有空闲的日子来到,早早地来到戏场,找一条板凳坐下,静静地观看水袖飞舞,聆听着吴侬软语,体味着儿女情长的故事。

村里的戏台(图片来自网络)

# 收音机

国初只比我大四五岁，但从辈分上，我应该叫他叔。

国初与我同住一幢屋，在我9岁随祖母回家读小学二年级时，他和父亲到外面做砖瓦去了。我家拆掉旧房造新房时，还借住过他家的房子几个月，这是一间二层小房，破旧昏暗，但我家是平房，所以伏在他家楼上临窗的桌上写作业时，顿时觉得是那么的明亮和惬意。听说国初年少时就死了娘，两个姐姐已经嫁出，家里只有他和父亲，而他的父亲，我则喊他阿公。

转眼间，我高中毕业在家待业，国初叔与他父亲也在家务农，不再外出。那个秋天，由于我们的亲密友好关系，国初叔大度地借给我一台收音机，约好是几天，那可是天上掉下的一个大元宝啊，这几天收音机完全受我的支配，我可以不受时间和频道的限制，随意收听。

说起这个收音机，可有来历了，可以追溯到好几年前。

记忆中，国初和他父亲只有一年或者数年才能在春节前回家，过完春节又要到外面做砖瓦了。在这期间，他这个当叔的，更像是个大哥，带着我们玩。

那一年年关，年味越来越浓时，国初叔和他父亲乘了长途汽车，再搭上小船，最后挑着行李出现在村里，同时出现在我们面前的还有一台收音机。这是如一块砖头大小但有两块砖头那么厚的收音机，外壳是淡黄色的塑胶板，光光的，前面右下角有三个黑色旋钮，一个调节音量，一个调节波段，一个调节频道，后面是一块三夹板，就比较粗糙了。这块三夹板可以拉出来，更换藏在里面的二节电池，同时我们也看到了里面的部件、线路，还有那个圆形的喇叭。

国初叔能拥有这台收音机，首先是他有钱，在那个年代出远门做砖瓦虽然辛苦，但比在家务农能挣钱，依照国初叔和他父亲所说，我记得这台收音机的价格是二三十元。还有，国初叔之所以购买这台收音机，也与他们的职业有关，父子俩在偏远冷清的茅棚里做砖瓦，很少有人来往，有了一台收音机在旁，听听新闻、戏曲，也有个伴，热闹热闹。

这个稀罕物引来我们无限的好奇和羡慕，询问个不停，会情不自禁地上去摸摸，有时候，国初叔就把这台收音机摆放在楼下门口

**旧时的收音机(图片来自网络)**

的小方桌上开着,它几乎成为展览品、播音台了,我们围着它观看着、倾听着、谈论着。其中,国初叔的朋友会笑着提出把这台收音机转卖给他,这时,国初的爸也就是我的阿公,会乐呵呵地表示着宽厚和人情:如果你要买,价格就低点。但这些都是过过嘴瘾而已,这台收音机还是在春节后,被国初叔带着出去做砖瓦了,到了年底又带着回到家里。

现在,秋天的阳光从窗户照进来,金灿灿的,我就窝在床头,面前就摆放着那台收音机。窝在床头,是我的习惯,这是思想最集中的时候,也是最隆重的仪式,不管是看书还是干什么,这习惯一直持续到现在。

这台收音机一下子把我与外面的世界连接起来,让我收听到来自远方的声音。中央人民广播电台播报各地"狠批四人帮,拥护华主席"的新闻,还有那"洪湖水,浪打浪"和"打倒'四人帮',人民喜洋洋"的歌声。这收音机会一直响到夜深,直到睡意袭来我不能再坚持为止。

每天下午四点多钟,随着一阵轻快的音乐,一个童稚的声音出现:"星星火炬开始广播……"那是一档少儿节目,带给我无限的想象和激动。

拥有这台收音机的几天里,顿觉人生多彩起来、丰厚起来。

# 国初叔的理想

那个冬日的上午，一大帮男女老少照常坐在我家屋边的板凳或竹椅上，一溜子排开，晒太阳取暖。人们羡慕地看着国初叔身上穿着的蓝色"的卡"中山装，谈论着。那个时候，人们最好的衣服一般也是"卡其"，而这"的卡"是稀罕物（"卡其"是棉织布，而"的卡"是那时时新的化纤产品）。国初能穿上"的卡"，应该与他和父亲长期在外做砖瓦有关——既见过世面，又挣得钱来。这时候，国初用手掸了掸"的卡"的衣袖和前襟，很郑重地说："听说，这'的卡'穿也是八年，不穿也是八年，八年到了，这衣服就粉了的，所以我就把这衣服穿上了。""的卡"这样的高级衣服，一般只是在过年过节、走亲访友这样的特殊日子穿，现在国初在这个平常的日子也穿着，那是很奢侈的，国初说这番话，既是发布这个"科学"的消息，也为自己穿着这件衣服作解释。

于是，人们在羡慕时，又得到了这个新奇的知识，也在心底里感叹这"的卡"真是好，不论如何竟然能穿八年，这样，谁不愿意天天穿呢，不穿白不穿啊。

这时，村头田边邮递员推着自行车经过，国初流露着渴望的眼神，轻轻地说了声："我最想的，就是能当上邮递员，有辆自行车骑骑，就是没工资也行。"

自行车是高级交通工具，价格要一百多元，而且即使你有钱也购买不到，那可是紧缺物资，要凭票内部供应，岂是一般人所能拥有的。除了邮递员能骑上那种特有的草绿色的行业自行车外，也就区委、公社和派出所这样的机关配备了几辆。这自行车不仅是物质的，也是某种优越身份的象征。

国初能说出这样的话，并非是落后，反而是"先进"，之所以发出这样的感叹，那是他曾经在外面学过自行车，如俗语所说的，现在正处在"学手熟"时期，就是刚学会一点，还没有熟练，因此也特别的上瘾，特别的技痒，那个时候学过自行车的人都经历过这样的心理期，我也记忆犹新。

其实，骑不上自行车，没有自行车只是原因之一，即使有自行车，我们这个地方也没有骑车的环境。比如，这邮递员几乎每天在村头出现，那车后架两边各挂着一个邮包，但邮递员大部分时候是弓着身子，拖着步子，一手扶着车把手，一手搭在坐垫上推着自行车前进，有些地方还要手提着自行车或者肩扛着自行车过去，因为我们这里凹凸不平的小路根本骑不了自行车。

　　能骑上自行车，当个邮递员，即使没有工资也行。那个冬天，耀眼的阳光下，这是我的二十二三岁的叔辈国初，在中国乡村发出的最大理想。当初，他是如何每天眼馋地看着邮递员从村边经过，正如我们眼馋他身上的"的卡"中山装一样。

# 家有考生

这是一个变化的时期，也是一个喜事连连的日子。

1977年8月18日晚上，根据公社传达，大队组织农民在小学操场上收听了广播，接着我和老炳、国云等，在人群中穿梭、奔跑，燃放鞭炮——庆祝中国共产党第十一次全国代表大会胜利召开。

10月21日，媒体上又公布了恢复高考的消息，国人为之振奋，特别是年轻人看到了希望。这时高考已经中断了10年。高考恢复，并恢复得这么快，这当然离不开邓小平。从现在的报道中得知，是邓小平推翻了原来"推荐上学"的办法，并要求当年就恢复高考，当时的教育部长为难，说"来不及"，而邓小平同志举重若轻："你来不及没关系，我手头上有能解决这个事的人。"迫使教育部加快步伐。同时，邓小平亲自到分管财政的党中央副主席、国务院副总理李先念那边，要来了10万元经费，作为高考印刷试卷等开支。

在这百废待兴的时期,邓小平重视教育、优先培养人才,给年轻人一个平等竞争的机会和希望,真是雄才大略、高瞻远瞩。

我记得大队干部一幢屋一幢屋地走过去,调查摸底和统计,动员符合条件的人去报名考试。这与以往关起门来"推荐"显然很不一样了,现在是不讲关系凭实力,公开公平地"是骡子是马拉出来遛遛"。喜讯来得真有点突然,对于考生来说,当时连复习用书都没有,考生却多得不得了,已经有10年没有高考了啊,还要先进行"初考",淘汰了一部分,合格的人才能参加真正的考试。

我家就有考生,那是我姐。我姐比我早两年中学毕业"回乡插队",一开始也和生产队的农民一样,下田割稻插秧,后来当了仓库保管员,那就是从男劳动力转为女劳动力。男人在田间劳作,妇女在家把男人收割来的稻谷晒干,生产队里男领导叫生产队长,女领导叫仓库保管员。后来,我姐又成为大队里的赤脚医生。白天忙碌后,晚上和同大队的叶海月在我家楼上,点着煤油灯看书复习。

那年,我弟还在大溪中学读毕业班,记得"初考"后,弟弟一次回家,我指着我们班的毕业合影照,指点着问他:"他,他,还有她……在考吗?"我弟和我在中学是上下届,对我班同学应该是认识的,初考考场设在中学,我弟弟应该都打过照面,他回答说:"在的,在的,这个……也在的。"我指认的,几乎全部参加了考试。

唯有我,则与高考无关。我也曾捧起书本看,但一点也看不下去了。如果我真的参加高考，大概语文能得几分，历史、政治再背一些，其他铁定是零分了。罢了，罢了，我是阿斗——扶不起。而没参加高考，更主要原因，是优越，是高高在上。

在那个年代里，有个形象的说法，叫"当兵当党员，读书读米簿"，这是"当兵"和"读书"的目的。当兵是为了在部队里得到锻炼，入个党，回来后，在大队里可以当个干部什么的；而读大中专院校，国家包分配，跳出"农门"了，就成为"吃国家定粮"的人了。我是"待业"中，就是在"等待分配工作"中，这也是铁定的事实，我是稳坐钓鱼台，还费周折再去读什么书呢。

开始时，我姐是以报考大学的内容复习的，快要考试时，我姐到我父亲的公社"汇报"，父亲的"指令"是，放弃考大学，转为考中专，显而易见，这是为了提高成功率：考大学当然级别高，毕业后工资也高，但录取率低，中专尽管低一档，但录取率相对高一些。而被中专录取了，毕业后就有工作了。叶海月报考的也是中专，作为女生，她报考的却是地质专业，即使当时信息不畅通，专业不大了解，但谁都知道这是个"工作在荒山野坡""住在帐篷里"的职业，不知道在当时有没有"爆冷门"这个词，而这个举动就是为了"爆冷门"，为了提高录取率，管什么呢，只要能考上，就有工作了，就能当干部，跳出"农门"了，天壤之别啊。

高考的消息来得突然，而高考来得也快，从消息发布到高考，中间只相隔两个来月。我没有参加高考,但我知道当年高考的作文题是《路》,至今还记得。高考后的一个午后,冬日的阳光下,我姐从泽国区委所在地的泽国街回来,带来激动人心的消息:就要放榜了,但她在那边等不及了,要吃中饭,就回家了,不过已得到内部消息,被录取了。

据后来传闻,泽国街头贴出红榜了,人头簇拥,人们纷纷在指点着,这个是哪里人,这个我认识,这个是我们村里的……当年全国参加高考的有570万人,录取了27万人,录取率约为5%。我姐考上的是金华卫校,叶海月如愿考上了杭州一个地质专业的中专。叶海月毕业后是否住帐篷,我不知道,但她以后与我通信的地址是黄岩县宁溪,属于山区。不管如何,她们俩成为当年的幸运儿,成为大队里的骄傲,成为同批考生中的佼佼者,走进了校园。

据后来统计,我班60人中,经过数年奋斗,共有4人高考及第,其中大学2人,中专2人。之所以说是“数年”,是因为那时录取率低,当年没考上的,就进入新一轮的复习,第二年再考,有的连考数年。这个时期,各个学校和有关教育机构,“高复班”办得轰轰烈烈、兴旺发达。

# 丝 巾

1977年的冬天来临，广播里播放着"打倒四人帮，人民喜洋洋"的歌曲，我们哼的是"洪湖水呀，浪呀嘛浪打浪啊……"阳光照射着田畈，照耀着大队小学古老的台门。

需要说明的是，这篇文章的题目只是借用了一下"丝巾"这个名字。因为我写的东西，不是丝织品，甚至可能连围巾也不是。我查了一下网络，丝巾的材质是丝绸、麻、毛、棉，而我写的"丝巾"的材料则是当时刚时兴的化纤产品，至于具体是尼龙、晴纶还是什么，我就说不上来了，而且这"丝巾"很短小，只比手帕大一些。

在那个冬日，大队里有些年轻女性的脖子上开始围上了一条"丝巾"——或是淡黄的，或是草绿的，薄薄的，有着无数个小孔，一把就能捏在手里，轻轻的、柔柔的、滑滑的，往脖子上一箍，打一个结,就行了。

能围上这个"丝巾"的不只是年轻的,而且还是有文化的、能接触到新事物的年轻女性。比如,县委工作队中的女队员、"插队"的女知识青年、小学里的女教师,稍远一点,还有公社邮电所里漂亮的女话务员。

年轻女性脖子上的"丝巾",成为人们眼中的焦点。细想起来,与以往穿着的主要功能是保暖不同,这个"丝巾"明显把装饰功能排在第一位,当然它也有保暖的作用,但退为其次了。

在那个年代,穿着打扮的材料都是厚厚的棉布,以灰、黑为主要颜色,而这条有着鲜明彩色的薄薄的"丝巾",成为年轻女性一种时髦的标签,它不但吸引了我的目光,更引发了我的无限遐想。

# 招工体检

已记不清具体日期了。

是十一月、十二月，还是1978年的一月呢？那一天，父亲捎口信过来，让我去他那边一趟。这时，父亲已经调到一个叫潘郎的公社，离家也比较近。我乘汽船去的，上了汽船埠头，就是公社的大门口。

到了后，父亲告诉我，我被招工了，安排在县化肥厂，要我去找同学李建军，一起去县城体检。正在兴建的化肥厂分配给大溪区两个名额，而大溪区确定是我和我的同班同学李建军。

喜讯来得太突然了。

父亲给了我五元钱。这是大额的钱啊，我记得除了新学期开学交学费外，家里从来没有给我这么多钱。在住校学习期间，每星期给的生活费小则一元二角，多则一元四五角，包括在粮管所购买

5斤或6斤的米,包括购买菜票及零用。

我拿着钱,继续乘汽船西上。在大溪汽船埠头上岸后,走上街道,沿着104国道朝温州方向走,那里是当时骇人听闻的小溪岭,因为山道险峻,时常发生翻车事故,造成人员伤亡。走了两三里,拐进了山坡上的920厂。这是李建军母亲的单位。听名字好像是兵工厂,或者是什么保密单位,但其实只是供销社下属的一个单位或者就是供销社的一个班组、一个工场而已。那时发动生产队种植蘑菇,920厂是为生产队种植蘑菇提供"两头"服务的——提供给生产队920菌种植蘑菇,收购生产队种好的蘑菇。我们进去,会看见棚子下成堆成堆地叠放着透明瓶子,瓶子里装着黑色的泥土,这土里就培育着"920"。我们还看见一只只木制水桶里漂浮着收购来的白花花的蘑菇。

当夜住在李建军家,第二天我们乘上汽车去县城。县城汽车站离化肥厂足有六七里,而且几乎是绕了半个圈。我们下了车,边打听边步行前往,先向西穿过主街道人民路,在圆角转弯向北走,过北门头后,就开始绕着山脚下的公路行走,到了县委党校(以前是温岭师范学校,后来该校区又还给了温岭师范学校),党校门前是三岔口,一条是向西拐的公路,爬上莞田岭,朝温西方向走,这当然不是我们要走的,一条继续向北,通向化肥厂,能驶汽车但没有公路那么宽阔。我们看到了两个高高的铁塔,当时有种很神秘的说法，说这是干扰台，其实它们是电台的转播塔。沿着山脚走过整个北山大队，转过一个山角，我们见到了山窝里两幢长长的三层楼房，外面打着围墙，这是化肥厂宿舍，但要去厂区，还要走过宿舍旁边已经被拦腰打通了道路的山岭，但那条路仍然有较大的坡度。我们走上山岭，看到了建在山间的围墙内的化肥厂。

进了大门，我们看到挖开的沟渠，里面铺设着水泥管线、钢铁管线，而车间与车间的空中也架设着生产管线，车间里传来"轰轰"的沉闷撞击声，那是在安装机器，路边电焊机的氧气瓶上印着"省安装公司"的字样，显得繁忙又有点凌乱。

我们找到了办公室，一个姓赖的三十来岁的年轻人叫我们到县人民医院去体检，临出门时，又来了一个新河的女子，那就拼在一起去体检了。赖姓工作人员是骑自行车去的，我和李建军还有那个女子，则步行重新向县城走去。

在体检中，有两个项目我至今记得清楚。一是量血压、脉搏，心头"怦怦"直跳，那是紧张和激动啊，我告诉自己，别这样，要镇静、镇静，要不心跳太快、血压太高了，会不合格的，自己会被淘汰的，这样一想，就更激动更紧张了，心"怦怦"地跳得更厉害了，几乎震动了自己的耳膜。结果还好，我过关了。另一个则是在另外一个门诊室，那个男医生让我解开裤带，一只手伸进我的裤裆里，当着众人的面，摸着我处子之身的睾丸。那医生对那女子则"网开一面"，领着她进了里间检查。

体检后，化肥厂并没有让我们马上上班。后来听说，是因为化肥厂那次招收的100个人中，好大一部分是县委工作队员派驻在各个大队的，一下子抽了这么多人，会影响工作队的工作。可以推测，当时有多少人作为工作队员派驻在各个大队，另外，这也是化肥厂自开办到歇业过程中招工人数最多的一次。

后来上班了，有工友在津津乐道工作队的生活时，我思忖，而且有点费解：当时，我怎么没有成为县委工作队员呢？高中生，待业青年，条件是有的。

**第三辑**

# 在　厂

## （1978年3月—1985年12月）

# 报到上班

1978年3月12日,是农历戊午年二月初四,春节刚过去一个月。清朗的天空时而飘舞起雪花,落在空旷的田野上。中午12时,我从家乡一个叫五里泾的埠头乘上汽船,这个埠头是孤零零的河岸边用几张石板架起的一个小平台。我的随身行李是一条捆扎着的棉被,一个用网兜提着的脸盆,一个黄色帆布挎包。经过一个半小时的行驶,又在一个同样孤零零的旁边没有房屋的名叫下保渭渚的埠头上了岸——这天,我要去化肥厂报到上班了。

这个船程,票价为1角4分。从这天以后,我挎着那个黄色帆布包,在这两个地方候船和上岸,不知有多少次,浏览着田野金黄的稻浪翻滚,两岸杨柳吐芽起舞……只是因为往返的方向不同,这两个地方每次都要互换"起点"和"终点"的角色。

这是我第一次在这个陌生的叫下保渭渚的地方"登陆",但距离我要到达的真正的地方还有二三十分钟路程。还没有上岸，那个地方就遥望可及：在一个山坳里，有一根高高矗立的烟囱，一座座工业反应塔、高架的管线和厂房……

我一手搭着肩头的棉被，一手提着网兜，挎着黄色帆布包，穿过田埂后，就沿着山脚下的小路昂首挺胸向前迈进。

雪花飘舞着，那是多么优美的精灵。虽然放眼望去是一片萧瑟景象，但一股春天的气息还是扑面而来。我身穿单薄的衣服，心里却好生激动和自豪，心中充满了对未来生活的美好憧憬。打倒了祸国殃民的"四人帮"，人心所向的邓小平重新出来工作，中华大地历经十年浩劫后，百废待兴，人民无不欢欣鼓舞、扬眉吐气。

这个时候，我还不到18周岁，满心激动：我就要工作了，而且是去现代化的化肥厂。当时，安排工作有很大一部分是去供销社，这是商业主渠道，在物资匮乏、一切都需要供应券的年代，也是个令人羡慕的职业。但如果是让我去做营业员，我肯定不像那种拿着尺子量布、举着秤子称带鱼的角色，直到如今，我还不会称秤——因为看不懂秤花。而供销社分布范围广，运气好的被安排在集镇，运气差点的就被安排到偏远的乡村海岛了。现在可好了，我是当工人，还是地方国营厂的工人，而且是在县城。尽管是在县城的偏僻处，但不管怎么样，到底是县城。由于化肥厂是化工企业，它的生产特点注定了它不能设在市区，但又不能给职工生活带来太大的不便，所以不能离市区太偏远，以后我到过多个这样的化肥厂，所处的位置如出一辙。

这次与上次不同的是，上次是从陆路来，汽车站在厂的南边，是从厂宿舍旁边的小山岭走上来到达厂区，现在是从水路来，汽船埠头在厂的北边，从厂区旁边经过，翻过小山岭到达宿舍。后来我也知道了，厂区属于城北区的芝岙大队；宿舍则是城关镇的北山大队与塔下大队的交界地。也就是说，宿舍还是县城，而厂区只是一山之隔，但已经不是县城了。

这个工厂地处两山夹角，工厂的地形就如"A"字形，"大门"是朝北开的。因此，冬天这里的风特别大，尤其后来我们上大夜班，冷风从门缝中吹进来，冻得我们浑身冰冷。

到了厂宿舍，我记不得了，是有接待的人员按照名册安排我们宿舍，还是去的时候房间已经分配好了，就在门上写有姓名。我们几个分到的是前幢的底楼，好像就是打地铺，地上铺着稻秆编织成的厚厚的席子，反正也是临时性住宿。

报到后，我就领到了当月25元工资和3元的"粮食差价"，共28元。我把人生得到的第一笔"巨款"小心翼翼地塞进"暗兜"里。这"暗兜"是当时裤子上藏着的"玄机"，是位于紧靠裤带右下方的一个小兜，专门用来藏钞票或者手表等贵重物品的。28元是什么概念啊，在那个绝大多数成员没有经济收入的社会里，这是一笔沉甸旬的财富。

当晚,北山大队的晒谷场放映电影,我独自赶去,站在人群中观看,放映的电影是《铁道游击队》,黑白的。真好看啊,还有那歌真好听,以至现在听到"西边的太阳快要落山了,鬼子的末日就要来到……"我就会回到那个年月、那个情境中。

# 买的第一本书

天还没亮，我们七八十号人坐上包下来的两辆大客车，从温岭车站出发了。我们目的地是地处浙西的衢县化肥厂。进厂报到后，参加了几天的工地劳动和会议学习，我们被派遣到衢县化肥厂培训。

直到黑漆漆的夜晚，我们才到达，懵懵然住进土房子里。第二天我们才看清，一个小山包上，三所平房是用一块一块的褐红色大石块垒成的。各个房子住上二十来号人，领队和女职工则得到优待，住在厂大门口对面的厂宿舍里。在我们来之前，房间里的四周已经绞缠好了毛竹，我们只要把带来的床板架上去，就可以睡了。化工企业生产实行三班制，就是把生产工人分成三个班，每天24小时刚好分三个班。所以三个住宿分别按班别住上，不至于因作息时间不同而互相干扰。我们住宿的村庄，叫徐家坞，离化肥厂两三里。

衢县化肥厂坐落在宽阔的衢江畔,浮石二桥旁,离县城四五里远。第二天,我们进入厂区,看到一座座厂房高大又分布有序,地上和空中架设的管道纵横交错,一座座反应塔林立,尤其引人注目的是那根高耸的烟囱,有些岗位喷着白白蒸汽,一车车化肥被推出,在露天堆放着。一切显得新鲜和神秘,我们自己的厂还没有"出生"呢,现在见到了"活着"的化肥厂,就显得特别激动和兴奋。一进入厂区,我们就马上分头寻找自己的车间和岗位,在此之前只听其名,不见其形啊。

到县城里逛街成为我们业余生活的主要内容,三班倒的工作机制,给我们逛街提供了更多的时间。休息日不算,白天上班只占上班时间的三分之一。于是,那个时候的衢县街道上,时常出现三五成群、穿着蓝色工作服、操着外地口音的年轻人,这逐渐成为当地人熟悉的"景观",那就是我们。

我也依稀知道这衢县的"衢"来自"四省通衢"的古时称谓,但日常大家又习惯把"衢"写成"巨",这意思就变了。古老的衢县展现在我们面前的是都市气息。那里有一个综合商店,挺大的,设有各个柜台,有副食品、日用品、文具、图书……我在这里买过茶叶盒、茶叶、搪瓷碗和钱包,还有我用自己赚的钱购买的第一本书。

这本书叫《自然的启示》。

　　但让人惊奇的是，这不是一本文学类的书，而是一本自然科学的书，或者叫科普读物。

　　1978年的春天，出版业尚在复苏中，所以在书店里也不可能买到什么书籍。这本书还保留着"文革"时期出版物的特点，就是在书的扉页正反面印着革命领袖列宁和毛主席的语录，以示这本书出版的重要性和正确性，正像报纸每期的报眼是刊登毛主席语录一样。这本书讲的是从动植物中得到启发进行科学发明，归结到一点就是阐述"仿生学"的，尽管仿生学作为一门独立的学科还是在1960年后才出现的，"仿生学"这个词我也是从买了这本书以后才懂的。但当时，促使我买下这本书，是此书前言的第一段："蜂飞蝶舞，兽走鱼游，花繁叶茂，虫鸣鸟啭。自然界生机勃勃，气象万千。"而第一章的开头是这么写的："鸡叫三遍天亮，牵牛花破晓开放，青蛙冬眠春晓，大雁南来北往。"并有这四句话对应的配图。仅仅是这几句描写自然界现象和规律的语言，就深深地打动了我，打动了我们这一代写大字报批判稿成长起来的人，满足了饥渴心灵对美好、温柔语言的向往。与其说因为对于科学奥秘的探索欲望让我买下这本书，还不如说是开篇几句富有文采的语言，让我做出购买这本书的决定。

　　但细细地品读这本书后，我受益不少，眼界开阔了，这是一本有关自然、科学的有趣的书，是关于仿生学的漫谈。

此书开篇就说到我国古代著名工匠鲁班发明锯子的来历。有一次，鲁班上山砍树被野草划破了手，他摘下草叶轻轻一摸，发现叶子边缘上有许多锋利的小齿。于是，鲁班就在铁片上做出一些小齿，通过反复试验和改进，终于发明了当时急需的伐木工具——锯子，也许这是最早的仿生创造。

书中又谈到，基于对鸟类的观察，不少人把翼绑在手臂上，试图像鸟那样飞翔，结果翼破人亡。因为那时他们不了解，一个人要想仅凭借自身的力量来飞行，他的胸骨就要像鸟那样突起一米左右，才能承托住扑动双臂所需的强健的胸肌。

读了这本书，我还知道了一种叫雀鲷鹭的鸟，生活在离海50公里的地方。它们每天飞到海边来的时间，总比前一天推迟50分钟。这样，退潮后，它们总是海滩上的第一批食客——要知道，潮汐时间恰好向后推迟50分钟。

我也知道了，一种绿色海龟是有名的航海能手，每年3月，它们成群结队地从巴西沿海游向2200公里外的一个叫阿森匈的小岛产卵，6月又爬入波涛汹涌的大海，孵化出来的小龟也跟着它们回到"故乡"巴西，年复一年，真是神奇。

我还了解到，蝙蝠在飞行中捕食和避开障碍物，并不是依靠眼睛，而是通过超声波来定位。在飞行中，蝙蝠在喉内产生超声波，通过口或鼻孔发射出去，被昆虫或障碍物反射回来的超声信号，被它们的耳朵接收，并据此判定目标及其距离：是昆虫，追捕之；是障碍，躲避之。

这个世界真是神奇，我们破解出来，就能为人类所用。当然，书中有关化学方面的内容，我读不懂，就连列出来的分子式也看不明白，一直到如今。

这本书我至今还保存着。

我用自己赚的钱购买的第一本书《自然的启示》

# 第一次乘火车

到了衢县培训，猛然间，我们从一个时常挨批的中学生，成为挣工资的工人了。离家在外，朝气勃发，关键是有钱花了，怎么也得弄出点动静。

除了逛逛衢县街道，渐渐地，一个目标越来越清晰地出现在大家的前方，越来越激发大家的热情，那就是衢州化工厂。为什么要去参观衢州化工厂，大家首先把"化肥厂"和"化工厂"联系起来，衢县化肥厂包括我们的工厂，大家很清楚，"定性"就是小氮肥厂；而衢州化工厂是一个大型企业，除了生产化肥还生产别的产品，我们是同"系统"的，自然感觉亲切，所以有一种认亲的冲动，哪有小弟不拜访大哥的道理呢？二是把"衢县"和"衢州"联系起来的，大家认为，衢县作为一个县城，那么，衢州应该是一个更大的更繁华的城市。

第一批去的人回来后,向我们宣扬:"太好了,那里太好了!"于是,又一批年轻人踏上了衢州化工厂之旅。那天早上,我和几个伙伴披着阳光,在衢县火车站乘上了去衢州化工厂的火车。这是我第一次乘火车,从衢县到衢州化工厂,票价两角。车厢里空荡荡的,有好多的灰尘、煤烟,但我们仍然很兴奋。

可我们下了火车后,走在大道上,两旁怎么老是厂区、车间、宿舍楼和露天仓库啊,根本没有出现我们期待的繁华街道。这个时节,天气也暖起来了,太阳明晃晃地照耀下来,有人终于明白了,骂开了,我们受骗了,被上次先来的人骗了。接着,又有人提议,既然上次先来的人骗了我们,那我们也回去骗别人,也去说:"那里太好了,衢州化工厂太好了……"

一直走到中午,我们总算找到了有商业气息的街市了,当然,这也是化工厂所属的,工厂大了,就有配套设施,有商店,有电影院,我们在电影院里看了一场外国的彩色电影,叫《斯特凡大公》,电影冗长,长篇的对话,具体已经记不清了,讲的是古代两国战争的事,对这部影片我们感觉很差,加上累和热,有冷气开放,有些人竟然睡着了。

但电影院门口有几位卖棒冰的老太太拿着木条,有节奏地把放置棒冰的木箱敲得山响,"啪啪啪……"用当地方言放开嗓子喊得铿锵有力:"棒冰,三——分——棒冰,三——分——"我们对此

20世纪的绿皮火车(图片来自网络)

印象很深,回来后,模仿着这腔调喊话,流行了好一段时间。

回来时我们乘坐的是公共汽车。汽车在望不到头的农田里穿行着,别说看不到人,就连房子也看不到。

此次行动,以后我也明白过来,其根本原因是我们不明就里,犯了常识性错误,我们对"衢州化工厂"的认识出错了。"衢州化工厂"其实就是一个"化工厂",是一个因工厂而成的企业城,我们却把重点放在了"衢州"两字上。中华人民共和国成立之初,设有衢州地区,但没几年就撤销衢州行署,并入了金华地区,我们当时所在的衢县本身就是以前衢州行署的所在地,直观地说,衢县就是衢州。

至于,衢州从金华地区重新划出,设立衢州专区,那是20世纪80年代中期的事了。这以后衢州又撤地设市,现在的衢江区就是以前的衢县。

# 那场午夜电影

1978年的春天,阳光灿烂又柔和,洒照在浙西开阔的大地上,在我眼前闪耀,也让我心头亮堂堂的。

在这样的时期,不断有好消息传来,我们也不断地经历着新鲜事。越剧电影《红楼梦》解禁,衢县电影院开始放映了。这可是轰动一时的事件啊,电影院24小时滚动播映。几乎人人都在传递着这个新闻,师傅见到我们也会随口问道:林妹妹看了吗?

不知是谁搞到电影票了,是午夜1点多钟的吧,我们这帮年轻人沸腾了,激动万分。我们在零点招呼着起床,风风火火地赶了七八里路,却被告知电影票上的时间印错了,是第二天的票呢。也许那时,人们还没有24小时的时间概念,把下半夜的时间还认作是今天的,而我们上三班制的工人,却认定午夜零点是开始新的一天了。这也许是太清醒的人反而被糊涂的人捉弄了一番。幸好,不

越剧《红楼梦》剧照（图片来自网络）

知是谁又退来了下一场的票。可还有两三个小时啊，于是我们就行走在静夜的衢县城里。浙西春天的夜空，高远又清朗，清风徐徐而来。这个时候，我则是口渴得难受，伙伴们陪着我找水喝，可走遍了街道，有小店开着灯，可那个时期既没有矿泉水，更没有饮料、水果，于是伙伴提议到火车站候车室看看，也许有开水供应，结果也是失望而归。

总算等到这场电影的开演时间了。这是我第一次观赏越剧，那场《红楼梦》带给我的是从来没有过的新奇感受。那优美的场面、绚丽的色彩、柔婉的歌声、俏丽的人物，让我沉浸于其中，特别是王文娟扮演的林黛玉，更触发了我的情怀。随着剧情的发展，欢乐喜庆时,我豁然开朗;演到林黛玉的凄凉经历和悲惨结局,我泪流满面。

在此之前,我所能看到的电影除了样板戏,就是讲打仗的《地雷战》《地道战》《南征北战》,还有就是反映阶级斗争的《红雨》《青松岭》之类的。在我的心目中,总是感觉看故事片比较过瘾,而"做戏",在舞台上晃来晃去,唱唱念念的,未免太作假了,没有意思。

而这场拍摄于1962年的越剧《红楼梦》,竟然把人物刻画得如此的细腻和真切,那一举一动、一笑一颦,时刻牵引着我。越剧《红楼梦》把这么一个哀婉的故事和鲜明的人物,印到我的心坎里,几乎深入到我的骨髓,渗透进我的血液,让我经受了一次心灵的洗礼和涅槃。就是这场电影,让我明白了什么是越剧,也让我知道了什么是《红楼梦》——在我成长的年代里,怎么可能读到这样的"禁书"呢?

我至今还时常怀想着1978年春天在浙西衢县的那个午夜,脑中浮现着越剧电影《红楼梦》动人的画面,耳边萦绕着那柔软的唱腔。

# 洗　澡

上班可以洗澡，还能进厂里的澡堂呢，以前我连听也没听过。在此之前，我们除了夏天跳入河里游泳，就是在脸盆里拧起毛巾擦拭身体，特别是到了冬天，洗不了几次澡。

现在竟然有什么澡堂，还有热水呢。如果准备这个班头洗澡，那上班时，我们就把要换上的衣服包好，放在脸盆里带进去，一般是到快下班时上澡堂，而澡堂属于锅炉车间——蒸汽来自"轰隆隆"的锅炉啊，可谓自产自用，资源充足。

一进入澡堂，蒸汽弥漫，喷头"哗哗"地往下喷着热水，师傅们赤条条、白花花地站在喷头下淋着，旁边还有一个大浴池，也有师傅在里面泡着呢。室内散发着特有的人体和香皂混合的气味，墙脚边的小水沟流着的热水上，还漂着白白的厚厚的一层用肥皂从身体上洗下来的污垢。

面对赤裸裸的人体,我们来培训的也只好硬着头皮脱光衣服,裸露着身子洗澡,拘泥得很。要是难为情,那就赶快钻到浴池里,还能掩饰一下。经过在热水中全身心的浸泡、冲洗,再换一身干净衣服,那叫舒服。

但我们当中,也有不接受这个洗澡方式的,我就亲眼看到一个已经有了儿女的抽调上来的知识青年,坚持穿着短裤站在喷头下洗澡。

一次,在厂门口,我们一群人围着争论有关洗澡的话题,那个抽调上来的知识青年情绪激奋,理直气壮地斥责,脱光了洗澡的人是"没有进化的原始人"。

# 化肥厂投产了

在衢县培训了3个月后回来，工厂安装基本就绪，正在做最后的一些扫尾工作，接着就是"原始开车"了。所谓的"原始开车"，是指化肥厂建成后的第一次开车生产，这与以后的每一次开车生产是不同的，从第一个岗位点火开始，每一道工序、每一个岗位轮下来，到最后出产化肥，得十天半月吧。因此，我们尽管在衢县化肥厂培训过，但并没有这个项目，不仅对于我们来说，而且对于一个化肥厂来说，也是头一遭，而且是唯一的一次。所以，厂里从台州化肥厂请来了师傅，帮助开车，基本上每一个岗位都配备一位师傅。

"原始开车"的日子里，充满着神秘和紧张的气氛，厂领导更是如临大敌，日夜奔跑在各个车间和岗位，那些请来的师傅更是辛苦，因为一个岗位只请来了一位师傅，我们轮班操作工8小时当班后,就可以休息了,他们则要24小时跟班,关键他们还承担着成功与否的压力。

我的岗位是合成车间的合成岗位。合成车间是厂里的重要车间,有4个岗位,而合成岗位则是全车间和全厂的关键岗位了。当初我能被安排到这个岗位,大概与我的高中学历有关,可其实,我名为高中毕业,化学知识几乎为零,一直到现在也是如此,比如,下面列举的几个化肥厂最主要的分子式,也是我从网上查来抄上的。

合成岗位的任务就是要把前工段输送来的氮气($N_2$)和氢气($H_2$),在高温、高压及在有催化剂的条件下,合成为氨,这就叫合成氨($NH_3$),再把合成氨气化,输送到下一工段加工为碳酸氢铵($NH_4HCO_3$),这就是化肥了。这高温,即在主体设备合成塔里的催化剂(一种颗粒物质)发挥作用时,温度需达近500摄氏度,这高压,即要求反应时达200个大气压。我们的工作内容就是控制好这个催化剂的温度,要求控制在正负5摄氏度,有6个测温点,仪器即时在打印着。当时传闻,这个合成塔如果爆炸的话,会像一颗原子弹,把整个厂都毁了。

"原始开车"里,与别的岗位一样,要用前工段生产的合格的气体,对生产管线内的设备进行吹排、置换。然后,在电炉的作用下,将催化剂从常温的三四十摄氏度开始升温,这个过程要严格控制,不得太快,也不得太慢,又要在某些时间段内保持恒温,因为这个催化剂有个脱水过程。

我们岗位请来的是一位四十多岁的师傅,姓氏忘记了,长得白白的、嫩嫩的,还笑眯眯的,一次还叫不到20岁的我为师傅,挺不好意思的。"原始开车"下来,我看到他明显地憔悴了、疲倦了。

最终,我厂一次性开车成功,生产出化肥了。

我们县竟然能生产化肥了,那真是一个轰动事件啊,是我县开天辟地第一遭。厂里组织了人马,把化肥搬上卡车,在卡车上插上彩旗,再敲锣打鼓地去各区委、区公所"报喜"。结果车出了厂,刚到三星桥附近,就被县领导拦下了。这里当时有一块"县委试验田",大概县委领导在这里劳动,看到这景象,拦下车问了个明白,不让再去"报喜"了,理由是,目前正值"夏收夏种"大忙时节,干部都忙着呢,就不要去打扰了。"报喜"的队伍只好转头回到厂里,卸下化肥,这化肥原来是准备给每一个区委、区公所送上几包的。

报喜不成,但温岭能够生产化肥的喜讯挡也挡不住。特别是农民,他们对县里制造出来的化肥并不称为化肥,还是习惯称为"洋粪",甚至把化肥厂称为"洋粪厂",这"洋粪"现在听起来多么土气而且有损雅观,但在当时,却代表"极品"和"高端产品"。在那个时代,化肥大多进口,人们称为"洋粪"。我从小就听过一个流传甚广的有关外国人是如何制造化肥的说法:中国向日本订购化肥,日本设备先进得很,大轮船空着舱从港口驶出,在公海里逛一趟,舱里就堆满化肥,直接驶到中国港口来卸货了。

现在我在1992年版的《温岭县志》的《大事记》都能找到:1978年8月,县化肥厂建成投产。

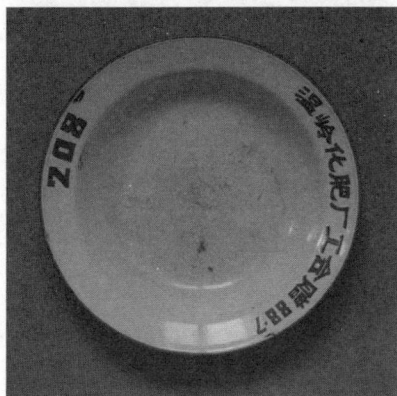

从纪念投产发给职工的搪瓷茶缸到纪念投产十周年发给职工的菜碟,记载了这个厂十年的荣耀

小化肥厂是20世纪70年代特有的产物，是为了打破外国封锁，高举独立自主、支援农业的旗帜而自行设计建造的，让中国人自豪和兴奋了一阵子。

化肥厂筹建应该有多年，打倒"四人帮"后加快了步伐。刚进厂时，厂里对我们这批新职工进行培训，其中有技术人员来介绍工厂概况，我还记得，厂区包括码头占地66亩，资金投入达300多万元。这在当时肯定是县里的一个重大工程项目，而且好多年的财政收入的一大块都投到这个厂里了。

在台州地区，共有4家化肥厂，规模稍大、建厂也稍早的是台州化肥厂，温岭、临海、三门三家化肥厂则是规模相同、建厂时间几乎也相同。

化肥厂投产后，好奇的人问得最多的是：化肥是用什么制造出来的。如果你回答，是煤炭、水、空气，再加作为动力的电，有些人根本不相信。

化肥厂是用电、用煤大户。后来我到办公室工作，会收到台州电力局每年度、每季度下达的用电计划文件，抬头是：各县电力局，温岭、三门、临海、台州化肥厂。也就是说，台州四个化肥厂的用电是与县并级的，而且台州各行各业的企业中，独独化肥厂供电与县同级，可见化肥厂用电量之多。

煤炭在化肥厂既是燃料，也是原料。县城有个煤场，在大合山附近,那是供应居民的,这个县煤场与化肥厂的煤场相比,那真是小巫见大巫了。煤炭则是从河南、山西先船运到椒江码头,再车载到厂里。每天有卡车、拖拉机载着煤炭,从椒江码头"呼隆隆"开来,爬上这山坡,开进厂里,来到煤场卸货。有一年因煤炭堆积得太多,发生了自燃,据说,自燃是没有办法的,只能由着它在那边自燃——煤炭由内往外燃烧着,冒着青烟。

那天,我到父亲的公社,一个干部关心地问我:化肥厂一天能产多少化肥?生产化肥,不在我的工段,所以我也不掌握,但合成氨是在我的岗位生产的,一个班能产多少,我当然知道,因此我能按"理论"计算出来。这个"理论"是一吨合成氨能产四吨的碳酸氢铵(化肥)。所以,一个班的合成氨乘以三个班,等于一天的合成氨产量,再乘以4就等于一天生产的化肥了。我回答,六七十吨。这个干部也在心中计算了一下,沉吟一声:要是一天生产的化肥能供应我们一个公社,也就足够了。

# 工人俱乐部猜灯谜

    1979年的春节，为农历己未年的开始，以12生肖排列，为羊年，是我工作后第一个春节，也是我在县城度过的第一个春节。

    化肥厂按生产定额和生产规律，在开工的当年以及以后，几乎是生产半年，停工半年，但春节前则要上班，因为这时春耕即将来临，要生产化肥备耕。这叫平时"嬉嬉荡荡"（浙南地区方言，意为玩乐嬉闹、精神放松的状态），人家放假过年了，我们则紧张兮兮地开始上班了。

    这个羊年的正月初一，我上的是大夜班，为让没有上过三班制的读者更明白，直观一点来说，就是从午夜0点开始上班，到早上8点下班。尽管我们住在县城的边缘，但我们到底是城里人了，下了班，几个人结伴往城里赶，步行三四十分钟。

    我们先在苏式建筑风格的老展览馆的底楼，参观了一个名人书画展。就是把温岭当地人收藏的名人书画，集中起来进行展览。购票入场，每票5分。一个同伴说，值得，如果到某一户人家，让他拿出一张名人字画给你欣赏，得多大面子，而且多麻烦啊，现在花5分钱，就能看到这么多名人字画。

对于书画，我完全是门外汉，不懂就是不懂，没有在那边装懂。自己连硬笔字也写不好，潦草得很，只能说是长长见识。我还看到了沙孟海的字，当然，此时的沙孟海还活着。

然后我们来到旁边的县工人俱乐部里猜灯谜（几年后县工人俱乐部改名为县工人文化宫，又几年后那里进行了翻建）。走进大门，一间应该是会议室，平房，挺大的，但搬走了桌椅，空空的，只有讲台上摆着一张桌子，这是兑奖台，桌后坐着两个人。会议室中拉着几根线或铅丝，线上挂着一条条花花绿绿的谜条，来来往往的人在抬头观看着，凝神思索。

这是我第一次参加猜灯谜活动。之前我对灯谜的接触只有一次，在读中学时，我借到邻居老一辈读的语文课本，这课本可能是中华人民共和国成立初期的，其中有几条灯谜，同时在课本内备有答案。其中一条是"一边绿，一边红；一边怕虫，一边怕水。"打一个字，谜底是"秋"。待我会意过来，感觉真是妙趣横生。

第一次面对着这么多灯谜，我新鲜、欣喜、紧张，慢慢在谜条前走动、思索。猜灯谜让我有一种强烈的参与感，这与观赏书画时的毫不关己就截然不同了。对灯谜上写着的"卷帘格""秋千格"等等，我也是全然不知什么意思，但看到粘贴上去人家猜中的谜底，也能琢磨出个道道来。后来，我竟然也猜中了两条灯谜。一条谜面是"循环不止"，打一现代作家名，我猜到了是"周而复"；一条是以毛主席诗"报道敌军宵遁"为谜面，打一现代诗人名，我猜了"闻捷"。

猜谜先要购买"猜谜票"（多少钱一张已经忘记了），每猜一个灯谜，就把这个灯谜的编号和答案填写到猜谜票上，拿到兑奖台上核对。工作人员会翻开本子，上面写着每条灯谜的谜底，如果猜谜票上的编号和答案与之对上了，就是猜中了。每猜中一条灯谜，奖品是一块糖（零售价1分钱）。奖品的价值并不是多重要，关键是奖品表示你猜中了，承载着你成功的喜悦。还有，工作人员在你的猜谜票上盖一个章后，你喜洋洋地拿着猜谜票粘贴到那条灯谜上，都能引来旁人羡慕的目光，足够你自豪。这个方法好，一条灯谜的猜中，不仅仅是一个人的成功和喜悦，而且能让更多人琢磨并从中得到乐趣，得到熏陶，得到启发。

灯谜是国粹，在我国源远流长，可谓是最小的艺术品，往往是几句话、一句话，甚至是一个字、一个符号。制灯谜方法就有几十种，那么，猜灯谜的思路也有好几十种了，我上面猜中的两条灯谜，是最基本的"会意法"。猜灯谜真是智力的角逐，是施展文化功底的游戏,我虽然是初次尝试,但也被深深地吸引住了。后来,我知道了这工人俱乐部里有个灯谜小组,还知道春节之后有元宵灯谜会,之后还有中秋灯谜会……反正,但凡碰到什么重大节日,我关注的总是有无灯谜会,上瘾了。后来,我在厂里做共青团工作,引进了这个猜灯谜的活动,搞得也挺热闹的,挺吸引人,不但青年人来参加,连老职工和厂领导也踊跃来参加。后来,我也学着制作灯谜,创办谜刊,我制作的灯谜在各级报纸上刊登,赚得稿费;再后来,我参与县工人文化宫的灯谜小组活动,从原来的猜谜者转变为组织者、服务者;之后,灯谜小组升格,由民政部门审批确认为灯谜协会时,我还担任了理事。

# 大会堂看电影

事情得先追溯一下。

我在读初中时，有一次随大人乘坐一辆卡车来到县城。对我这个乡下少年来说，这当然是一次很难得的机会。至于什么事，跟随着谁，我已经没有印象了，但当初有些记忆却分外清晰。我们落脚的地方，就在学前头，一条溪流经过旁边的县电动工具厂门口的值班室。当大人去办事后，我溜出值班室，不用走几步就到了人民路，我瞧见对面县大会堂门口出来的转角柱子上，挂着一块小黑板，黑板上用白色水粉笔写着放映电影的消息。这深深地让我羡慕和惊叹，甚至是刺激了我。这放映的电影，以现在的话来说，不是什么恢弘巨制、进口大片，也许甚至连故事片都不是，但在这平常的日子里，县城里竟然、竟然、竟然……有电影放映。

我自从1978年的春天走入这座城市起，终于享受到了县大会堂天天有电影放映的待遇。大会堂顾名思义就是开会的地方,但兼用来放映电影。我们最为关注的是大会堂门口的宣传栏,每月底,宣传栏都会贴出一张下个月放映电影的排片表,即几号到几号,放映什么电影,一般每部电影放映2—4天,因此,一个月有七八部到十来部电影可看。电影票一般一角一张,特别长或特别短的电影,会有上下一、两分的浮动。

当然,这只是理论上的,关键是电影票不能那么轻易买到手,特别是对身处县城外的我们来说。我们赶不上售票时间,即使赶上了,碰到的也是这个场景:售票处,厚厚的砖墙,小小的窗口,蜂拥而至的购票者一只手拿着钞票,拼命地挤向窗口,更有甚者,几

大会堂还在,但不开会,也不放电影了

个小伙子合伙，把其中一个举上去，被举上去的人在人群的头顶上爬动，爬向窗口。

买不到电影票，那只能晚上早早地赶去，站立在大会堂门口等退票。退票就是原来买了电影票的人，或买了多余的票，或临时有事，看不了电影，就把票转让了，如果是好看的电影，那转让的票价往往比原价还要高。

那个场面深深地印在我的记忆中：大会堂那售票的小窗口上，总挂着一块小黑板，上面写着一个大大的白色的"满"字，而进入门口那长长的路旁，挤满了翘首张望等待退票的人。一旦有人掏出一张电影票，周围的人就会蜂拥而来抢夺。为了得到更多的机会，等待退票的男女老少一字排开，南边站到人民路，西边排到卖鱼桥，对前来观看电影的人呈"夹道欢迎"状，并伸长手，致以声声"问候"：有票吗？有票吗？……而持有电影票者则带着明显的优越感，趾高气扬，目不斜视，一脸神气地走过，皮鞋后跟的铁钉敲击着石板路，发出清脆的响声，进入大会堂。

尽管如此，我在这简陋的大会堂里，坐在长板木椅上，看了大量的电影，还在一个笔记本上记下每月观看的电影篇目。历经"文革"后，电影业开始复苏，并逐步走向"兴旺"，放映的电影主要来自三方面："解禁"出来的《马路天使》《五朵金花》《阿诗玛》……来自海外的《追捕》《流浪者》《叶塞尼亚》……新拍的《甜蜜的事业》《瞧这一家子》《知音》《小花》《今夜星光灿烂》……在《一江春水向东流》中,我们看到了感人的人情、人性,泪流满面;《巴黎圣母院》中火辣的吉卜赛女郎让我们心旌摇动;《追捕》中有我们从来没有感知过的惊险;卓别林的系列默片让我们笑中含泪。《五朵金花》是一部老电影,大意是这样的:云南大理副会长金花与白族青年阿鹏在大理传统节日"三月三"盛会上一见钟情,并在蝴蝶泉边约定一年之后如不变心就再次相见。一年以后,阿鹏如约踏上了寻找自己心上人金花姑娘之路。一路上他遇见了积肥金花、牧畜场金花、炼铁厂金花、拖拉机能手金花……经历好多巧合和误会,终于找到心上人。这是一个爱情故事,也是一部喜剧电影,风光美,音乐美,反映了社会主义新农村涌现出的新事物、新面貌,处处有"金花"的主题。但那晚放映出来后,有个年长的工友愤然连声责问:啊! 这有什么意思,这有什么意思? ……他的文艺欣赏大概还处于这样的习惯思维中:某个人物思想落后,经过教育,认识了错误,继续前进。《知音》是一部新拍的电影,由王心刚和张瑜主演,讲的是民国初年,护国儒将蔡锷在风尘女子小凤仙的掩护下,冲破袁世凯的监控,回滇兴师讨袁的故事,故事没给我留下多么深刻的印象,倒是李谷一演唱的主题歌传唱了很久:山青青,水碧碧,高山流水韵依依……

电影让我大开眼界,大饱眼福,莫名兴奋。我大享电影的盛

**早晚商店也变成饰品店了**

宴,感觉人生有这么多电影相伴,是多么的精彩和美妙。

我们享受着电影带给我们的愉悦,也切身体会观看电影的艰难,又那么羡慕"放电影"的行业,不知有多少次,特别是买不到票、白跑一趟时,我们感叹:别的单位可能会倒闭,可谁还会不看电影呢?

因为大会堂放映电影的缘故,在大会堂的门口开了一家"早晚商店"。这是县城里唯一在夜间开放的商店,低矮的两层小木屋,底层两间拼成的店铺,木板铺成的地铺,走上去有晃动感,也就二三十平方米吧,明亮的日光灯下,柜台上摆放着水果、蛋糕什么的,几个女营业员或忙碌着,或站立着,这是由国营企业——县果菜公司经营的,这商店就是当时温岭的"夜上海"。

# 成立影评小组

后来，在人民路的文化馆和温岭饭店之间，新建了一个电影院，县城就有了两个放电影的场所。

在电影院门口长长的宣传橱窗上，第一个窗口也是每月的电影排片表，接着，电影公司创办了一张小报《温岭影讯》，四个版面，除了刊登排片表外，主要摘录其他报刊上的拍摄消息、影片介绍、演员访谈之类，每月一张，每月底或月初上电影院或大会堂看电影时，门口都有这张小报出售，印刷量应该是比较大的，我们碰到门口有《温岭影讯》出售，都得买上一张。这张小报不但信息量增大了，关键是有每月的电影排片表，不是固定在宣传窗上，而是能携带在身边随时查看。因此，我们在车间、宿舍，都能看到这张小报。

再后来，我成为这张小报的影评员。原来电影公司要组建影评小组，而这张小报的编辑老董的妻子是化肥厂的会计，于是老董找到了我,并由我组织了五六位文学爱好者,成立了影评小组,还开了个会,公司经理到场讲了话,而且给每人发了个影评员的证件。拿着这个证件,影评员就可以不用购票直接进入电影院或者大会堂观看电影——这当然得在有空位置的前提下。

可别小看这五六百字或七八百字的影评,其实并不好写,过去了好长一段时间,其他几个人光白看电影,而影评写作总"启动"不起来。这事是我牵头的,总得给电影公司一个交代吧。于是,我只有自己拼命写,每期在小报上发一篇或两篇影评,用的是"季枫"的笔名,别人还以为,这"季枫"是一个集体笔名呢。

# 剧院观看《于无声处》

打倒了"四人帮",进入新时期,文学上首先出现了"伤痕文学",然后是"改革文学""反思文学""知青文学""寻根文学""先锋文学"……

这些不是我抄录而来的,而是我亲身经历的,但这经历只不过是同步阅读而感知到的。所谓的这"文学"那"文学",其实都是以小说形式呈现的。

提到"伤痕文学",首先是刘心武的小说《班主任》揭竿而起,接着是卢新华的小说《伤痕》、王余九的小说《窗口》、张弦的小说《被爱情遗忘的角落》、张贤亮的小说《灵与肉》……"伤痕文学"就是大胆闯破禁区,否定"文革",揭示"文革"给中国造成的灾难,给人们造成的肉体和精神上的创伤。

但在这当中,出现了一个话剧剧本,叫《于无声处》,也应该归于"伤痕文学"中。我是在有关杂志上读到这个剧本的,并先后读到了相关报道和评论。一直到今天,一说到《于无声处》,我就会冒出几个关键词:宗福先、上海工人文化宫、业余话剧团。

因为,这个剧本的编剧是位工人作家,叫宗福先。1978年,该剧由上海工人文化宫的业余话剧团编排演出,引起轰动。

《于无声处》是一个四幕剧。剧中时间是1976年初夏的一天,注意,这是一个时间交接点,即当年清明节的"天安门事件"之后,"四人帮"即将被打倒之前。地点是上海独幢花园楼房的底层客厅。人物是一家四口,主人是某进出口公司革委会主任,何是非,这姓名有点意思(什么是是非呢),他是一个看似道貌岸然、温情脉脉,实质阴险狠心,是出卖灵魂、出卖同志的人。妻子刘秀英,善良本分,但两年前开始神思恍惚,似乎精神出了点问题(这是一个伏笔)。儿子何为,姓名也有点意思哦(做什么为好呢),是一个外科医生,面对当时的局势,看破红尘,玩世不恭。女儿何芸,单纯、上进,并有着迷惘,刚从农场调到公安局。

这天,何是非张罗着给女儿何芸介绍对象,对方是工人造反派头子唐有才(这是一个不出场,但穿插于全剧的人)。也就是这个时候,何芸原来的对象欧阳平带着母亲梅林登门了。梅林是何是非的救命恩人,也是革命的带路人,但九年前,梅林被检举为"叛徒",打入牢中,儿子也被发配到北京郊区一个小吃店当服务员,从此断了联系。此时,梅林病入膏肓,欧阳平身上揣着一叠《扬眉剑出鞘》的诗集。当何是非知道欧阳平就是全国通缉的携带天安门诗集的人时,马上报告了造反派,唐有才带人包围了楼房。刘秀英终于爆发了,说出了自己神经不正常的原因,原来两年前,她在整理东西时,发现何是非凭空捏造"检举"梅林是叛徒的"材料"。最后五个人都出去了,与何是非决裂,只剩下孤零零的何是非,一副可怜相,几声炸雷响起。

看到《于无声处》的题目,大家自然而然地想起鲁迅的诗句:"于无声处听惊雷",看到的是"于无声处",大家企盼的是"听惊雷"。大家又会自然而然地想起同样出自鲁迅先生的句子:"不在沉默中爆发,就在沉默中灭亡。"全剧在沉闷、燥热的氛围中进行着,最后终于响起了炸雷,预示着革命的来到、胜利的来到。

看了《于无声处》,大家也会自然而然地想起曹禺先生的《雷雨》。无论剧情还是人物设置,都有点相似。宗福先在创作谈包括与曹禺的谈话中,毫不讳言这剧作受到了曹禺先生作品的影响。《于无声处》的成功和它所引起的反响,关键是在一个形式上或者壳子里,注入了新的内容、新的思想。有评论道:"话剧《于无声处》犹如一声惊雷,冲破禁锢,解放思想,不仅对于繁荣职工文艺创作、丰富群众文化生活起到了有效的引领作用,更在艺术领域、思想领域和社会领域都产生了广泛而深远的影响。"

　　《于无声处》起于上海,但之后,它开始在全国各地排练和上演。我县在剧院也上演了,那应该是1979年吧?演出单位是哪个,是本县还是地区组织的,这么多年过去了,我已经记不清楚了。我观看了演出,这个票也不知是购买的还是厂里发的。对于当地来说,越剧具有优良的演出队伍和广泛的群众基础,但话剧就不一样了,那是舶来品,不流行。观赏话剧有着一定难度的,还好我看过剧本和评论,所以比一般观众容易理解些。只是我和同厂的观众,还有一个关注点,那就是我厂有个叫陈小尹的姑娘参加了演出。她演的应该是女儿何芸,我至今还依稀记得她在舞台上的身影。排练一个戏需要一定的时间,但当时演出《于无声处》是政治

《于无声处》剧照(图片来自网络)

任务,抽调她出去,应该也不难了。她与我是同一批进厂的,只是她是城关人,又在生产技术科做绘图工作,我在车间上班,因此是有差距的,具体情况也就不甚了了。

《于无声处》的演出,在中国话剧史上形成了一个高潮。当时,文化部有人告诉编剧宗福先,全国有2700多个剧团在演出《于无声处》。只是不知道,这2700多个,是不是也包括我厂陈小尹姑娘在内演出的那个剧团呢?

40年过去了,话剧形成的热潮还没有一个超过《于无声处》的。

# 电视室看《排球女将》

"米来米来多拉米,米拉拉米发,梭拉西拉梭,发梭拉发米……"穿越岁月的风雨,这激荡的旋律还时常在耳边回响着,挟裹着澎湃的青春,挟裹着春天的气息。

这是日本电视连续剧《排球女将》的主题歌《青春的火焰》的旋律。

偏离县城,在山脚下,建造着我们两幢长长的厂宿舍,三层,每排有十几间,后来,厂里在电视室上面又加盖了五六间两层楼房,成为女工宿舍,才结束了男女"混合居住"的状态。

对,今天我要讲的就是与电视室有关的故事。在一般人的印象中,电视室是狭小的空间,但我们的电视室很大,也很高,只是没有窗口,在两边墙壁的上端用水泥栅栏做了透气孔,置身其中有种在地下室的感觉。钢管和木条组合的长椅子焊在地上,一排一排的很整齐,也挪动不了,椅子只占房间一半,另一半就这么空着,足以说明场地之大。电视室前面的木架子上还有一个木箱子。这些设施是厂里自己就能建成的,我们工厂里有电焊工,也有木工,材料就更不用说了。木箱子里放着一台进口大彩电,之所以是进口的,是因为那个时候,国产彩电市面上并不能见到;之所以称为大,那是根据当时的背景来说,具体几寸已经记不清了,当时老百姓家里有12寸、14寸的黑白电视机都是很了不起的。能建立这样的电视室,不仅说明我们国营企业的优越性,还说明处于这样的地理位置上的工厂,重视或者注意到了职工的精神文化生活需求。这台进口的大彩电质量真的是过硬,懂得操作的,或者根本不懂的,放映时都来捣鼓一下,旋转几下,后来几个旋钮的把手都没有了,但并不影响大彩电正常播放,真是足够坚强的。

《排球女将》是在20世纪80年代初期播放的,但具体的上映日期已经记不得了,我上网查找了一下,这电视剧1979年在日本上映,被引进到中国则是1982年了,又由于当时电视机只能接收浙江台和中央1台两个频道,由此推定该片是在中央台播放的。《排球女将》的播放形成了一个热潮,可谓风靡全国。该片讲的是北海道山村的姑娘小鹿纯子来到东京读中学,加入排球队训练,和伙伴们夺得好成绩的故事。主角小鹿纯子这个鲜明形象深深地影响着我们这一代人。她有美丽的容颜、活泼的性格、自信的笑容、百折不挠的精神,一夜之间成为我们的偶像。每到片头主题歌《青春的火焰》响起,就会把我们带入特定的情境中。

我肯定是进电视室观看过这《排球女将》的,有些画面如今还在脑海里闪现,特别是"晴空霹雳""流星赶月"等比赛场面,我的印象特别深刻。主题歌是日语原唱,我们只能根据旋律,跟着吟唱"米来米来多拉米,米拉拉米发,梭拉西拉梭,发梭拉发米……"翻译成中文是:"痛苦和悲伤,就像球一样,向我袭来,但是现在,青春投进了激烈的球场。嗨,接球、扣杀,来吧,看见了吧,球场上,胜利旗帜迎风飘扬,球场上,青春之火在燃烧!……"

但我并不像其他职工一样热衷追剧,我当时还算是有所追求的人,时间不能都花在看电视上。有时我骑着自行车,从县职工业余学校回来,从电视室外面经过,就听到《排球女将》的主题歌,心中就特别激动和亲切;或者我在宿舍里看书累了,踱到阳台上,听到了电视室传出的"米来米来多拉米,米拉拉米发,梭拉西拉梭,发梭拉发米……"的歌声,凝视着夜色中的星光,心中便多了几份遐想和憧憬。

此时,中国女排已经获得1981年的第三届世界杯排球赛的冠军,开始奋进在辉煌的五连冠之路上,国人热血沸腾,"振兴中华"的口号响彻九霄。从现在来看,日本女排在世界上最多算是二流球队,但在历史上日本球队曾经称霸一时,也有几连冠的好成绩,有"东洋魔女"之称。因此日本拍摄了这部电视剧,讲的就是这支球队进军莫斯科奥运会的进程。但我们在观看《排球女将》时,发生了"情感移位"的现象,把对这帮日本年轻的女排队员的喜爱作为热爱中国女排姑娘的连接点、寄托点,剧中的"晴空霹雳""旋转日月"等动作也让我们心潮澎湃,充满了奋发向上、拼搏进取的力量。

排球比赛的场面更是让人耳目一新,一个个比赛动作让人惊奇无比。"晴空霹雳"即面对飞跃而来的排球,一个起跳,在空中翻一个跟斗,再狠狠地抽杀;"拦住霹雳"即对方也来个起跳,一个跟

《排球女将》宣传画(图片来自网络)

斗翻转,再举手拦网;"旋转日月"是让抽杀过去的球形成一个大弧度飞转,让对方愣是接不了球;"螺旋飞球"是大力抽出旋转球让球来几个360度旋转……这在实际排球比赛中肯定不行,其难度也是实现不了的,除非是魔术表演、体操比赛。但观众看得津津有味,无比享受。也许,这就是文艺,让生活中不可能实现的事,在文艺中得到呈现,而观众相信这是真的,那么,你就成功了。

# 上班读《新华字典》

化肥厂的化工车间，实行的是四班三倒，即每天24小时要连续运转，不能停歇。作为操作工，我的工作主要是坐着看看仪表，当出现异常时，进行一些调节，按按开关、开开阀门；如果生产情况稳定，你就闲着了。而且，化肥厂噪声大，特别是我所在的车间，同坐一张椅子，嘴巴对着耳朵说话还听不清，要大声喊，因此也不便于闲聊交流。于是，操作工习惯带着杂志、图书上班，特别是上夜班时，看杂志、读小说，打发时光。而化工生产具有高温高压、易燃易爆的特点，瞬息万变，厂方出于安全考虑，时不时掀起禁书风暴。领导时常一个岗位一个岗位地巡查过去，操作工看到领导来了，赶紧把书或杂志塞进抽屉或者怀里藏匿起来，可冷不防会被领导抓个正着，书和杂志被收缴了，工人过些日子再去"乞讨"回来，挨批评、做检讨是逃不了的，甚至会被扣掉奖金。记得有一次，对于几个屡教不改的，领导把收缴来的小说塞进了熊熊燃烧的锅炉的炉膛里。在此情况下，我选择了阅读《新华字典》。

这《新华字典》可有来历了。好像是在1970年之前，当公社干部的母亲发到了一本《新华字典》。这本字典大约64开大小，封面也没有什么装饰，只不过纸张比内页厚了些许，浅蓝色的，用黑体字印有"新华字典"字样。字典的来到，在当时掀起了一阵波澜，因为这班干部竟然不懂得怎样使用，是一个毕业于中专农校的干部充当了老师——他也是不久前才学会的。我在一旁，就这样学会了部首查字法。从此，这本字典实际上是被刚上学的我占有着。

拥有了这本字典，在同学之间我就很有一种优越感。遇到不懂的字，一查字典，嘿，懂了。我真是觉得这样的查字典方式很有趣且很有道理。心里暗忖，发明这种查字典方法的人一定是个聪明绝顶的人，不然，在茫茫字海里怎么能一下子就逮住你要找的字呢？

随着母亲的工作调动，我也辗转于各个学校，这本字典在我的行囊里颠簸。后来，我读高中成为住校生，这字典也就跟着我进了学校。那时，学生时兴不读书，要跟着"运动"转，写批判稿，表决心，全没了头绪。有时静下来，下巴扎在书桌上，趴着身子翻看字典，觉得还是这个实在。

工作后，我又从家里带着这本《新华字典》到了厂宿舍，开始购买各种工具书。

　　我之所以上班带着这本《新华字典》，原因有二，一是《新华字典》体积小，不引人注目；二是即使被发现了，领导总以为看字典不会像读小说之类的入迷吧。这样，我上班去夹着的脸盆里，就放着这本《新华字典》。生产稳定时，我就拿着这本字典读，特别是大夜班，我读得很仔细、很有味，不知不觉天已破晓，绚丽的霞光映照在这荒凉的山坳中。这本《新华字典》就这样被我一页一页地读下去，陪伴了我好多个白天和黑夜。同时，我备有一本小笔记本，抄下一些字的注释、通假。这种少有的阅读方式，使我大受裨益。比如，我们说墨水溅到纸上或倒到纸上，渗透开了，就说"yin"开了，我一直以为这"yin"是土话，只能用"引""影"来代替，想不到竟然有正规的字，叫"洇"呢。

　　我读完了这本《新华字典》，领导竟然一次也没有干涉过；即使我捧读时，领导走过来，我把这本《新华字典》随手一放，他们也从来不追究。

# 新华书店买书

你有过在新华书店通宵排队买书的经历吗？

我没经历过，但我听过，见过。

1978年的早春，我在衢县化肥厂培训，半夜十二点钟，在近二十人住的徐家坞一个农家房子里，一个叫曹建国的人，抖抖索索地起来。为了不打扰人家，他没拉亮电灯，而是摁亮手电筒，但还是惊醒了我。他穿戴完毕，开了门，出去，又拉上门，朝六七里外的县城跑去。第二天，他一脸疲倦地回来，但仍掩饰不住满脸的激动，拿着一本叫《战斗的青春》的长篇小说炫耀，那是他在新华书店门外排了一夜的队买来的。

我的朋友江健，曾向我讲过他在新华书店通宵排队买过书。不知道当时他买了什么书，现在他已到天国，再也无从询问。而从时间上推算，应该比曹建国要迟一两年。我没有通宵排队买书的经历,应该与居住地有关。江健家住城关,与新华书店很近,新华书店有什么书出售,什么时候出售,他随时都能得到消息,而我则不具备这些条件,我住在离县城几里外的偏僻山坳里。

现在,我只能推测着,当初江健他们排队买书的情景。斜阳里,他们就倚墙站立,或者是带来了小板凳坐着。夜越来越深,他们前后相互交谈着最近读到的书的感想,或者分别打算着等到大门开放,进入后应该挑什么书买。更多的是想象着,买到自己中意的"面包"后,该如何扑上去"猛啃狂咽"一番,享受这淋漓尽致的快感。当然,还得时不时摸一摸衣兜里的一两元钱甚至是数角钱,还在不在。一片寂静,夜风吹来,满天星星……这些情景是如何印记在买书人的脑海里的? 或许他们终身难忘。

我没有在新华书店通宵排队买书的经历,但当我一进入这县城生活——尽管我在县城的偏僻之地,名义上还是算县城——就与新华书店紧紧发生了联系,这比到邮电局订杂志更早、更直接,因为邮电局订杂志一年只有一次。

在我们县城的主街道人民路上,右边是剧院,左边是繁荣商店,据说以前这里叫樟树下,因为长着一棵很大的樟树,只是当我进入这个县城生活时,樟树已经不存在了;背靠横湖小学,而斜对面就是县大会堂,这就是新华书店门市部。

新华书店并不大,一个大门进出,走进大门,玻璃柜台成"冂"

开列，左边是图片，右边是课本，因此，只有大门对面是图书。图书放在玻璃柜台里和柜台后面的书架上。至于开架售书，那是许多年后的事。

我们先弓着身子，俯视着玻璃柜台里躺着的书，一个柜台一个柜台地走过去，要不就伸长着脖子，逡巡着书架上立着的书，这里只能望到书脊。然后，指着柜台里或者书架上的某一本书，对营业员说："这本……"营业员会俯身从柜台里拿出或者转身从书架上抽出这本书，扔在柜台上。我们拿过来，打开匆匆浏览后，决定买或不买。买，营业员会拿过一个戳，往书的封底一盖，一个蓝色的"购于温岭新华书店"的印就留下了，付钱，拿书，走人，或者再在书店里逡巡；不买，营业员会拿回书，弯腰把书放回柜台里或者插回到书架上。一般来说，我们叫拿来看的书，十有八九会买下的，因为在叫拿书时，基本上已经确定要购买了，有些甚至一看书名就要买下。

新华书店是我们的精神圣地，我们多么羡慕在新华书店里工作的人，能读到那么多的书，而且不用花钱。有个女营业员，高挑个儿，皮肤白净，丹凤眼，有气质，穿着也洋气，好似电影明星王丹凤，碰到让她拿书，我都不敢抬头看，心"怦怦"直跳。

下面按时间罗列一些我在此购买的图书，需要说明的是，文中注明的是印刷时间，来自各书的版权页，这肯定不是我购买的时间，也就是说，我购买时间一定迟于印刷时间，至于迟多少，那是各有不同,长短不一,我也记不得了,除非自己在书本上写着购书日期。

我最先购买的是《朱德诗选集》(1977年11月印刷)、叶剑英的诗集《远望集》(1979年8月印刷)和《十老诗选》(1979年2月印刷)。"十老"是指朱德、董必武、林伯渠、吴玉章、徐特立、谢觉哉、续范亭、李木庵、熊瑾玎和钱来苏。这个时期这一类书卖得挺热的,一是出于对革命老前辈的爱戴和缅怀,二是当时文学出版物也确实稀少。购买《十老诗选》那次,我是和同厂的杨子余一起去的,我们是好朋友。当拿出这本书翻看时,我对杨子余说:我买一本,你也买一本吧。杨子余说:好。于是,我们分别掏钱各自买下一本。我现在想着,还满心疑惑:我要买就买吧,干吗非要"绑架"人家一起买呢?

《天安门诗抄》(1978年12月印刷)公开出版了,也引起了我的回忆。1976年清明节前后,数百万人民群众自行来到天安门广场,悼念周恩来总理,愤怒声讨"四人帮"。他们献花圈、挽联、张贴、朗诵诗歌,被定为"反革命政治事件"。如今"天安门事件"被平反,当年的天安门诗歌被收集起来,予以正式出版,其中最著名的诗应该是:"欲悲闻鬼叫,我哭豺狼笑。洒泪祭雄杰,扬眉剑出鞘。"这本书的编者署名是"童怀周",这是一个集体笔名,意即共同怀念周总理。我现在翻开诗集,扉页上就有我用钢笔写的字:"购于温岭新华书店，1979-2-20。"

古典文学也出版了。我闻讯后，一大早骑着自行车赶到县城，待新华书店一开门，就进去买来了一套四本的《红楼梦》（1980年10月印刷）。传说中的名著成为我手里的宝物，我一手把着车龙头，一手把书搂在怀里，兴冲冲地沿着山脚下的路回来。还有同样是1980年10月印刷的《水浒》上下集。《唐宋词选释》（1979年10月印刷）、《诗经国风今译》（1982年9月印刷）则成了我的床头书。

接着，出版社开始出版外国诗集了，浪漫的情怀汹涌澎湃，我禁不住新奇和激动，也买了不少，有海涅的《新诗集》《诗歌集》《罗曼采罗》（1982年1月印刷）、《歌德诗集》上下集（1982年8月印刷）、《普希金抒情诗选集》上下集（1983年1月印刷）、《裴多菲诗选》上下集（1983年1月印刷）、但丁的《神曲》三卷本（1984年2月印刷）……

外国小说也接连不断地进入我们的视线。那套三本的《飘》（1979年12月印刷），让我见识了美丽、任性的郝思佳小姐与粗鲁、倔强的白瑞德船长的爱情，不，应该是错过的爱情故事。三卷本的《一千零一夜》（1981年1月印刷），为我打开了阿拉伯古老的大门。

除了文学，我还学习其他门类。哲学、政治经济学、美学等，这些在此之前，可以说我知识是零，从来没接触过。

我购买的哲学方面的书《简明哲学原理》《大众哲学》《马克思

主义哲学》等,我最喜欢的还是韩树英的《通俗哲学》(1982年1月印刷),里面有方成的漫画插图,可以说是画龙点睛、妙趣横生。通过学习哲学,我知道了"世界是物质的,物质决定意识,意识具有反作用""意识是大脑的机能,大脑消亡了,意识也就不存在了"等基本原理。

在政治经济学上,我买了《政治经济学教材》《政治经济学150题解答》,懂得了什么是价值,什么是价格……

至于美学,《大众美学》《美学向导》读读可以,开开眼界,但真的不好说我理解了多少,掌握了多少。你说,美学都成为一门学科了,而对什么是美,现在还没有一个确切的定义呢。嘿。

以上所列书籍只限于我于1985年前在温岭新华书店购买的,只占当时购书的一部分。现在回过头来,望望走过的路,仔细想一想,自己真正的学习,是从走出校门开始的。名为读了十年的书,但真正的水平,可以减去五年学习,一个青年工人,开始走上了自学之路,完全是出于自觉自愿。除了上班,不,就算上班也是偷偷地带书进去看,每一个夜晚和休息日,我都在埋头读书,写着东西,化肥厂停产放假的日子多,一放假,整个宿舍留下的也没几个人了,夜里,只有我们几个自学青年宿舍里的灯还是亮着的。

我调到办公室后,新华书店会时常寄给单位征订单,什么宣传画啦,什么政治学习书本啦。办公室主任审阅后,会在某一项上写上订数，我盖上公章，大多是直接去购买，小部分属于预先征订。

于是，我带上征订单，还有在财务室拿到的支票，骑着自行车去了，经打听，才知道，沿着新华书店的旁边类似弄堂的小路走进去，能找到新华书店的门市部用木板之类隔开的一个小间。门市部的大门是朝大街开的，而这里的门是朝院子开的，一北一南。这是一个"内部店"，是对单位供货的地方，由于这里只是与门市部用木板隔开，与楼板空着一大截，因此，门市部营业员与顾客的说话声都能听得见。在这里负责销售的是一个三十来岁的男人，大我七八岁吧，笑眯眯的很和蔼，去过一两次，就熟了。每次去，他都会和我打招呼，拉拉话。这里似乎更像仓库，书就这么一摞一摞在地上堆着，我办了公事后，会随意拿着书翻阅，这里与门市部相比，更接近书，也不像门市部里营业员等着你回答买还是不买。他好像也知道我是文学青年，也不烦我，还会向我推荐一些书。一次他们店里一个领导过来，还夸他在业务上"有一手"。

我在厂部办公室两三年，就不再做这工作了，因此，也就不再到这里来了。但当我调入文化馆几年后，就是20世纪90年代末，一个晚上，我和妻女上新华书店的门市部，发现他站在柜台外，应该不是当班，估计也是经过这里与营业员闲聊，见我进来，他认得我，我也认得他，他还是那么笑容可掬地问我：现在在哪里工作？我高兴地说，与你同系统了（当时新华书店属于文化局管辖）。现在想想,我们当时有十多年没见面了呢。现在又过去十几年将近二十年了,我还是记得他,但不知道他的姓名。我在网上向新华书店的原副经理打听,才知道他叫叶连方。特地打听来他的名字,并没有什么重大的事情,他也不是对我有什么大恩大德,但在我的人生历程中,他是给我产生了正面影响,给我内心温暖和明亮的人,应该记上一笔。同时,我也知道了,这购书的地方叫"单位供应组",简称"单位组"。

我当年买的书,如今还陈列在书架上

# 邮电局订报刊

人民路与北门街呈T字型，人民路是县城第一大街，甚至是唯一的大街，是毋庸置疑的，是不用思考的问题，而我现在思忖着，从长度、商业性和热闹程度来说，在当时，北门街应该是第二条大街吧。

我当年订阅的杂志《当代》

现在人民路与北门街的交叉口是邮政局，但在道路扩建前，这里是百货公司门市部，接着才是邮电局。百货公司门市部与邮电局门市部的接壤处，就是邮电局大门。从大门进入，就是这个县的通信枢纽——邮电局。刚进入县城生活时，空调是稀罕物，而且从节电角度说是禁止的。但有人说过一句话，我至今还记得："只有邮电局的机房，是有空调的。"这既说明机房的重要性，也增加了我们对邮电局的神秘感和崇敬感。至于邮政和电信拆分，那是20年后的事了。

大院里是怎样的情景，人们是如何工作的，我不了解，也没进去过，这些以前中国政企合一的机构，甚至不能说是这个行业的老大，而是那个时代这个行业的唯一，好比铁路、电力等。但这个大门口旁边，县城唯一的邮电门市部，却与我联系密切，其中联系最多的就是订报刊了。

1978年3月，我进厂报到，开始进入这个县城生活，接着我就出去培训3个月，回来时应该是7月了。依照邮电局报刊一年一订的做法，1978年我是没有订上杂志的，

我当年订阅的杂志《语文学习》

所读到的杂志是借的。我不但体会到了杂志上的作品是多么的美妙，而且从阅读中得到创刊、复刊的杂志越来越多的信息。我应该是在1978年底扑向这个邮电局的门市部，去订阅1979年度的报刊的，从此年年不落。

我当年订阅的杂志《收获》

邮电局门市部的门口竖立着一个邮筒，迈上几级石阶，进入大门，就是营业场所。高高的木质柜台，分为里外两个区域，加起来也就是二十多平方米吧。外面右边的墙壁，有两个小门，里面墙壁上各挂着一部电话。当有人打电话时，要先在柜台办理手续，等电话挂通后，工作人员会喊：到某号通话室接电话。打电话的人会仄着身子进去，拿起话筒，同时把小门关上。小门上安着一张玻璃，这样就能看见里面的人的活动，这个空间狭窄得也只能站着一个人。外面左边摆放着一张桌子，一罐糨糊，顾客从柜台上买来邮票，就在这里把邮票粘贴到信封上，然后把信封塞进旁边一个半人高的木质邮箱里。

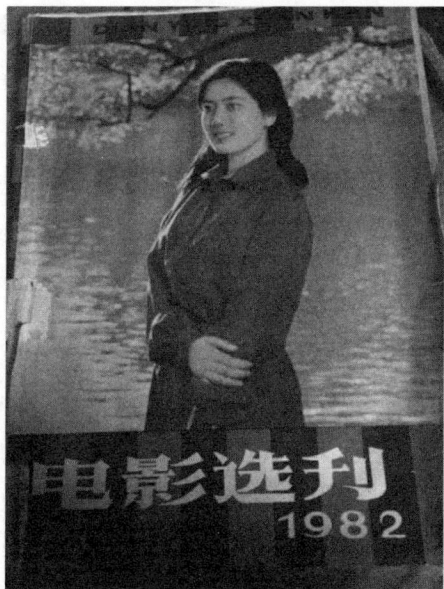

我当年订阅的杂志《电影选刊》

我伏在柜台上，踮着脚尖，指着一张自己抄录好的订阅目录："这个，这个……对，还有这个……"柜台里的营业员会翻找着报刊征订册，核对到一条，便开一张发票。

每开出一张发票，我就舒出一口气。如果营业员说："这个是限额的。""这个订完了。"那我就会很失望。那个年代，文学杂志动辄发行几十万份，甚至几百万份，连印刷厂印刷都跟不上，只能限额了。当我最后拿着一叠20多张发票出来，犹如揽回了一大包宝贝一般喜悦和满足。订阅这20多种杂志，总共付了四五十元钞票，要知道当时每月的基本工资只有25元啊。与我同来的伙伴就节制得多了，尽管征订册上的目录让他心动的不少，但他总是掰着指头在精打细算，哪有我这般的放纵和奢侈。

我订的有浙江的《东海》《西湖》，江苏的《雨花》《青春》，吉林的《春风》《江城》，有《武汉文艺》（后改名为《芳草》）、《上海文学》，有中国作家协会的《诗刊》，有人民日报的《战地》，有广东的《作品》，还有专业的《中国语文》《语文学习》……其实这些杂志有些我连看也没看过，只知道是文学杂志就决定订阅了。第一年，《人民文学》《十月》没有订上，引以为憾。后来据说本厂某人有关

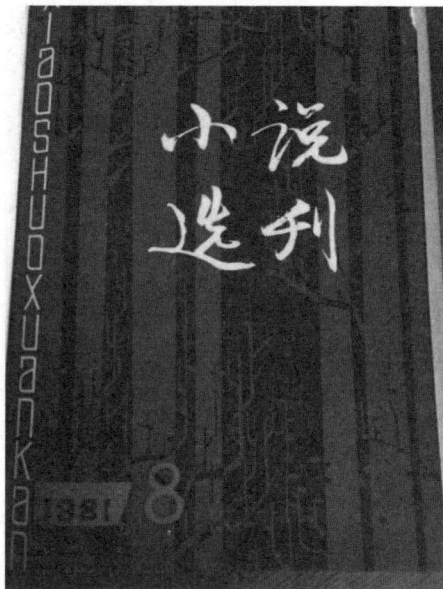

我当年订阅的杂志《小说选刊》

系能订上《十月》，连忙拿钱递上托其订购，但最后还是把钱退回来了。

那还是农历年底，但已是公历一月份。难得江南下起了雪，而且雪花漫天飞舞，我从家休息回来，穿着单薄的衣服，迎着凛冽的寒风，进了宿舍，见到床上几本新到的杂志，那是工友在值班室见到，代我拿来的。这是我第一次收到自己订阅的杂志，而且一收就是好几本，那是多么的喜悦和激动啊，如见到亲人般亲切！那装帧、那封面、那作品，还散发着油墨的清香，可它分明又是陌生的、新鲜的，其中一本就是《战地》杂志，那是《人民日报》的副刊作品

选,它与别的杂志不同的是,有着一定篇幅的美术类作品,可谓图文并茂(《人民日报》上的文学版叫《战地》,后改为《大地》)。

以后,我又订了《青年作家》《当代》《收获》《十月》《人民文学》《小说选刊》《读者文摘》《青年文摘》《电影创作》《电影新作》《百花园》《自修大学》……

这些杂志大多为月刊,价格一般是每本两角五分,像《东海》《西湖》;有的是四角,像《人民文学》;而一元的则是大型文学杂志《十月》《收获》等,它们是双月刊,那是非常了不起的,有着崇高的地位,甚至可以说是"神圣"。后来我又订阅了报纸《文学报》《幽默与讽刺》《阿凡提画报》《诗歌报》。当然,报纸只占很少一部分。

《读者文摘》(后改名为《读者》)当时很红火,但我订阅时还颇费了一番周折。每年邮电局有一本报刊征订名录,门市部拆开后,一张一张按顺序粘在木板上,而木板则倚靠在墙

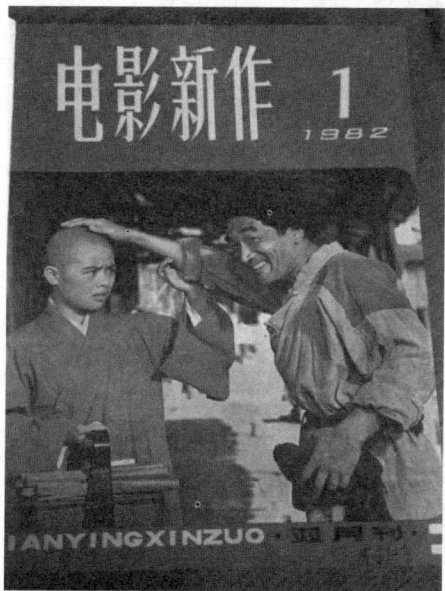

我当年订阅的杂志《电影新作》

壁上。当时报刊名录以省、市、自治区分类，我记不起《读者文摘》是属于哪个地方的，于是，我先在北京找，没有；那退而求其次，再在上海找，也没有找到；那顶不济，广东总是吧，但还是没在广东找到，真是奇怪了。最后总算在别人的指点下，在甘肃找到，我有些愣不过神来，这么有名的杂志，怎么会出在偏僻落后的西北地区呢？

邮电局走多了，也认得人了。给我们订报刊的，其中有一个男青年个子挺高的，他脾气不大，说话轻声细语，甚至默默不语地为我们开着一张又一张发票，并在开出的一张张发票上按上他的印章。我拿着发票，看到这个印章上的名字，至今还记得。

订来了报刊，我真的就如饥饿的人扑在面包上，不顾一切，狼吞虎咽。杂志源源不断地送来，我也夜以继日地阅读不休，我给自己的任务或"指导思想"是：现在先吸收营养，为创作打好基础。杂志刊登的是新作品，能触摸到文学最新脉搏。因此，那个时期，我对文坛了解和掌握得非常及时和全面：又出了哪位新作家了，哪位老作家又出什么新作品了，什么奖评比结束了，谁、谁、谁获奖了，现在的文学热点是什么……

好多年后窃想，当时花这么多时间和精力，浮光掠影地阅读这么多的杂志，是不是得不偿失呢？如果有行家指导，阅读有关理论书籍，是不是能事半功倍，更有利于自己的文学创作呢？但又仔细一想，以我当时的水平，还能读什么理论书籍呢，能读这类文学杂志也算是"专业"的了。你看工友，只是订《八小时以外》《文化与生活》这类休闲类杂志。我是怀着当作家的理想在阅读，是以吸收创作营养的角度在阅读的。

一次在家里休息，我坐在自家的门槛上，翻阅着《东海》《西湖》杂志，与小伙伴夸下海口：我现在是在学习，五年之后，我的作品要刊登上这些杂志的。

后来我写的小东西真的刊登在《东海》《西湖》杂志上，但那是好几个五年之后的事了。文学创作与阅读相比，并非易事啊。

# 床前橱上写作

同我一样的几百号青年男女开始了一种新的生活，大家都能挣钱了，更重要的是能够理直气壮地花钱了。崭新的自行车、喇叭裤、烫卷的长发、收录机播放着"好花不常开……"。

我却迷上了读书，或者说是成了一个"文学青年"。买书、订杂志，还有写点什么的冲动和渴念。究其原因，一是打倒"四人帮"，改革开放后，一个美好的时代来到，有书读，有文学；二是自己有那么一点喜欢文学的因子吧，或者说是内向好静的性格使然。

而我心中却愈来愈强烈地萌发着一个念头，那就是多么希望有一张属于自己的桌子。这个念头自上班后就有了，只是愈来愈迫切。我住的是集体宿舍，每一间宿舍配备一张抽屉桌。最早是三个人，那一张桌子，摆满了人家的化妆品之类的，后来随着轮班的变动调动寝室（就是把同一个班次上班的人调在一起），虽然只有两人,但另外一人是这寝室的"老住户",那一张抽屉桌就摆在人家那一端。我床前就没有桌子了。阅读还好,我习惯坐在床头,写字时,就只能伏在床板或者被子上。而床里边码着一叠叠的杂志和图书与我相伴、与我相眠。好羡慕人家有桌子,我连做梦都在想,让我有一张桌子吧,哪怕是在一个角落捡到的又破又旧的也行。但我却始终没能如愿以偿。

最后,我总算从几十里外的家辗转搬来了一只床前橱。

床前橱太狭小了,写字连双胳膊也放不下。我就找来了一小块人造板,钉在床前橱一边,而人造板另一端又用二根木条支撑着。这样,就把"桌面"加宽了。床前橱的抽屉是上锁的,能放我的一些贵重物品,比如,笔记本、收到的信件,还有钞票、粮票等。而打开床前橱下方的橱门,还可以放些图书呢,相当于一个小型书橱吧。

我就这样拥有了自己的"桌子",一个真正属于自己的领地。而凳子,就是床沿。在那静寂的长夜,在那酷暑的正午,在人们高高兴兴回家的节假日,我却扑在桌子上读呀、写呀。也就是在这张桌子上,我写下了如下豪言壮语:"列宁说'只有用人类创造的全部知识财富来丰富自己的头脑,才能成为共产主义者',我自知我一生也不能,但我将努力。"

之后我又换了寝室,一个人住一间,寝室里还配备了一张抽屉桌,有做藤椅的手艺人挑着藤椅到厂宿舍,可以用粮票换取藤椅,我换了一张。随后,我打造了一个小书橱,后来,厂供销科人员到杭州出差,厂卡车随行,我让他为我购置一只竹制的书架,挺大的。再后来,我还打了一个两米多高的大书橱。

　　这就是我在厂集体宿舍10年添置的财产,还有就是相对应的杂志和图书。我过的是一种既孤寂又充实,既清苦又快乐的生活。

　　但是,给我印象最深刻的还是这只床前橱,那时唯一的家具。至今,这只床前橱还在呢,只是留在父母家了,那个"扩建工程"早已拆除,我只希望这只床前橱能继续保存下去。

我当年使用的床前橱

# 第一次发表作品

　　所谓的"文学青年"，也许大多是从喜欢诗歌开始的。

　　出版业似春潮涌动，我如饥似渴，进入书店，逢诗歌必买。外国的，有歌德、拜伦、普希金、裴多菲……国内的，有郭沫若、戴望舒、徐志摩……古代的，有唐诗、宋词、元曲……同时，我还订阅杂志《诗刊》……

　　当时给我影响最深的诗人，应是艾青和冰心。被"解放"出来的艾青青春不老，笔力正健。我除了购买他的诗集外，还收藏他发表在报纸上的诗歌。艾青时常发表一组断句式或者是短句式的诗歌，即每一首只有两三行，但充满着睿智和哲理。关于冰心老人，她的两组诗歌——《繁星》《春水》让我沉醉。这两组诗歌是在一本大概叫《冰心作品集》的书中，此书收录有冰心的小说、散文等，最后是《繁星》《春水》两组诗歌，还是节选的。这本书我是从厂图书室借得的,因为太喜欢这两组诗歌了,就推说书丢了,赔了钱,把这本书占为己有。冰心老人二十来岁时写的诗歌,除了生活的哲理外,还有柔情、清新、明亮和淡淡的忧愁……还有就是印度的泰戈尔的,我在市面上见一本买一本,《飞鸟集》《园丁集》《新月集》《吉檀迦利》《情人的礼物》……

如果这些诗歌从体裁上再细化一下的话,应该称为散文诗。

我这个青年工人,生活在偏僻冷清的山坳,集体宿舍四壁光白,清风穿堂而过,却有半床的书籍伴我相眠。曙色里,暮霭中,手执一卷诗集,或漫步田野小道,或静坐山涧溪边,或斜倚走廊栅栏上,而更多的是在静谧的灯光下,面壁而坐,沉湎于诗歌给我带来的美妙的愉悦中,熟悉得有的章节我竟能脱口而出。那哲人的诗句,闪烁着熠熠的光彩,照亮了我的心房。诗歌抒发着我的情怀,诗歌牵引着我青春的梦想,诗歌向我洞开五彩缤纷的天地。我为诗歌而忧伤,同时,我又因诗歌而欢乐。有了诗歌,我的生活寂寞又充实。饮食可以简略,错过了开饭时间,点燃一只不够墨水瓶大的酒精炉,以搪瓷碗当锅,烧一碗清水米面,却吃得津津有味;穿着不去讲究,一件工装足矣,但是,我不能没有诗歌。

同时,我立下了雄心壮志:我也要当诗人,我也要像那些大师一样留下永恒的诗行。我夜不成寐,绞尽脑汁,涂鸦不止,弄得形容枯槁,人比柴瘦。我最初写的每首诗只有两行。别看只有两行,读人家的诗,好像挺容易的,看似信手拈来,可真正到自己写的时候,就要大伤脑筋、深思熟虑,甚至是字斟句酌了。我一共写了六首,确实花了不少精力和时间,还颇费心思地为之起个总标题《芽萌集》。县里创办了一本杂志叫《温岭文艺》,我读到过,那是我心中的神殿啊。我把这六首诗寄了过去,是寄到县文化局的,后来知道准确的应该是寄到县文化馆。

寄出了这六首诗,我惦念着、等待着、盼望着,而且是天天惦念着、等待着、盼望着,特别是一早醒来睁开眼睛,看到阳光穿过窗口照得房间里一片灿烂,我心里就想着,这么好的天气,应该有好消息传来了吧。

就这么焦急地等待着、盼望着,过了好几个月了吧,我终于收到了一封落款为温岭县文化馆的信,摸一摸,薄薄的,掂一掂,轻轻的。我激动得手都在发抖,拆开封口,抽出一张小信笺,一瞧,是一张打印的征集歌词的通知,但在文末空白处,用铅笔写着:"你的诗歌已录用。"

喜讯,天大的喜讯啊!依照推理,事情也就有了头绪,我的诗歌不但收到,而且要发表了,文化馆正在征集歌词,显然是把我列为本县的业余文学作者了,也寄给我一份通知!那细心尽职的编辑还不忘告诉我寄过去的诗歌的处理结果。

又过了一段时间,我收到了一个大信封,我在厂饭堂打开,里面装着两本《温岭文艺》，再翻开，我看到了我的三首诗——这是我写的文字第一次被印到杂志上，变成铅字，心中的喜悦无以言表。和我时常在一起的伙伴、同是文学青年的蔡小平，要我送他一本。按常理，我收到两本，送他一本，我还有一本啊，可我拒绝了。我说，我买一本来送你。在我心中，这收到的两本格外珍贵，特别有意义，我舍不得送人。然后，我真的上街买来一本，并在封二写上一句"人生活在希望之中"，郑重地送给了他。

怎么也看不够啊，我写的诗，印着我的姓名，这格外的神奇、格外的亲切，这本《温岭文艺》不断在我手中被翻阅着，那是1980年

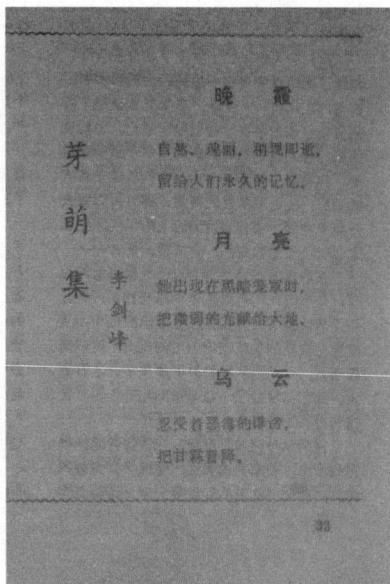

在1980年第3期的《温岭文艺》杂志上，我第一次发表作品

第3期,该杂志为季刊,发表的是《晚霞》《月亮》《乌云》。我还觉得好多人在传阅着这本杂志,在关注着我这个姓名,人们有惊叹,在打听。我上街的感觉都不一样了,比如,我上县大会堂看电影,我就觉得好像有人在我身后指点着:这个人就是李剑峰,写作的,他的诗我读过。

过了不久,县文化馆给我寄来了1.20元稿费,至今,我还记得上邮电局领取稿费的情景。

# 中专语文班

　　迎着料峭的寒意，我们穿越萧瑟的田野，径直向县城挺进，因为走路要有点绕，担心赶不上，就显得有点迫不及待了。

　　我们的目标是县总工会下属的县职工业余学校。

　　从乡下到了县城上班，感觉就是不一样，有一个单位叫"总工会"，不但有"工会"，还是"总"的，一听就气势不凡、名堂很大，还与我们工人直接相关。

　　县职工业余学校是县总工会主办的，以前似乎零零碎碎地开办过什么班，影响不大，但这次是大规模的招生，有各种课程供我们挑选，其中有一个叫"中专语文班"，真是太高档了，我们太喜欢了。我们就赶到县工人俱乐部里(后来改为县工人文化宫)报名，县职工业余学校就设在里面。

　　"中专语文班"真是一个非同一般的班，其他课程的班级大多属于补习和兴趣之类的,只要报名了,就编入班级。而我报的这个班,则是唯一需要通过考试才能正式入学的。之所以考试,大概一是为了保证学员的文化水平,二是报名的人太多,总得淘汰一部分。

我们去报名的办公室没人,经打听,推开另外一个房间的门叫人,一个小个子青年在案头挥动画笔在忙碌,于是,他急急地出了门,并随手关上,来到办公室给我办了手续,又急匆匆地离开,钻进原来的房间,并关上门。陪我去报名的吴茂云悄悄告诉我,他叫沈从斌,是刚从新河调上来的。吴茂云是新河人,所以他认得沈从斌。沈从斌现在是著名画家,当然,当时他也是画家,你看,光他这几分钟的行事方式,起码能看出他是一个具有艺术特质的人。

报名后,我就找来相关的书籍学习,准备考试。考试之后,我开始忐忑不安地等待:我是被录用还是被淘汰了?记得试卷上题目的类型并不多,有一题是造句,要求用提供的五六个词语和成语造句。现在我猜想,老师大概是让考生写一个短文,起码是一个段落,考察考生对词语的理解水平和遣词造句的能力。这一题的答案留白就占这张8开试卷的四分之一。而我自以为高明有水平,其中也有偷懒的成分,把这五六个词语和成语都放在一块当作定语用,只写了两三行就完成了。现在来看,我是走了一步"险棋"。

报名和考试是在农历的年底,过了春节,快要开学了,我收到了通知:我被录用了。还好,有惊无险。这年是1980年。

县职工业余学校其实是个夜校,设在县工人俱乐部里的只是这个学校的办事机构,上课地点则是横湖小学。每个班级每星期上一次课,因为班级多,所以每一个晚上横湖小学都是灯光明亮,有好几个班级上课,热热闹闹的。参加学习的,不仅仅是在县城工作的人,附近区乡的年轻人都会赶来。傍晚时分,求学的人们或手提着一个放着书本、笔记本的文件包之类的,或骑着龙头上挂着一个皮袋子的自行车,从四面八方涌向横湖小学,成为那个年代的一个景观。

授课的老师,都是临时聘请的,有来自教育局的,有来自学校的,也有来自机关的。我们"中专语文班"与别的班级一个学期招生一次不同,设置的课程一读就是四个学期,即要连续读两年。其中两位授课老师是县教育局的教研员,还有一位是柯梧野老师,不久,他就担任了温岭师范学校的校长,但还是兼任这个班的老师。

第一学期的课程是"现代汉语"。其中的"词性""语法"等对我们来说,全是新奇和正规的知识。每到上课,我们不管下雨还是下雪都会穿上雨衣,沿着山脚下的那条路赶过来,这些我们都能克服,毫无怨言,而一旦碰到当班则是最无奈的。一个星期七天,而我们三班制的,则是八天一个轮回,其中两天是小夜班,即上的是上半夜的班,这与夜校上课时间是有交叠的,我们争取与工友调班,上大夜班(即下半夜的班),当然上课没问题,回来后,面对着手刻油印的练习题,又写又画,这其中有错别字修改、词性的辨别、划分句子成分、修改病句等。然后直接去上大夜班了,这样就通宵未睡。这个学期的学习,我收获明显。数年后,我上了电大读大专汉语言文学专业,其中有一门也是"现代汉语",在考试时,我是第一个交卷的,还获得96分的高分,只错了一个复句连词的运用。不可否认,这些基础知识的掌握,为我以后写作打下了坚实的基础。

第二学期上的是"现代文学",第三学期是"古代文学"。其中,我们读到了朱自清的散文《春》和《荷塘月色》。我们在车间上班时,都会朗诵着,甚至在厂里的内部电话里与伙伴互相吟咏着"盼望着,盼望着,东风来了,春天的脚步近了……""这几天心里颇不宁静。今晚在院子里坐着乘凉,忽然想起日日走过的荷塘,在这满月的光里,总该另有一番样子吧……"如饮甘露,妙不可言啊。

《岳阳楼记》的雄浑、开阔,《小石潭记》的精巧、细致,还有《庖丁解牛》《送东阳马生序》《前赤壁赋》《桃花源记》《醉翁亭记》等,则把我们带向全然陌生和新奇的世界。我名为高中毕业,这些现代和古代文学作品,以前连碰都没有碰到过。有一个晚上,学习的是杜牧的诗《山行》,这首诗我是熟悉的:"远上寒山石径斜,白云生处有人家。停车坐爱枫林晚,霜叶红于二月花。"但通过老师的讲解,我发现以前一个错误的理解,"坐"被我理解为动词,"坐下来"的意思,正确的却是副词:因为。知识就是这么一点点积累起来的。

最后一个学期是"写作",我更是喜欢,也更有发挥的空间。我写的第一篇作文是《有这样一个人》,写的是一个在生活上不拘小节、不修边幅的青年,但勤奋学习,不惧挫折、永不言败的故事。交上作业后,在下一个星期上课,柯梧野老师在课堂上朗诵了几篇作文,其中一篇就是我的。这篇习作是以自己和自己身边几位"自学青年"为原型写成的,不能简单地说是作文,应该有了"创作"的成分。

正当我准备在"写作"上"大显身手"时,传来县电大工作站明年要招收汉语言文学大专班的消息,好多同学都瞄向了电大。学校应同学的要求,不多久,把写作课改为电大考试课程的复习,好像是历史、地理之类的。

但学期结束时,我们拿到了一本像模像样的"中专语文"的结业证书,红色的塑胶封面,内页还具体地写着学习了的四门课程。在当时,有"中专"学历了,那是相当的了不起。这"中专"虽然不是全日制的,还是单科的,也不能给自己带来什么待遇,但足以让自己内心骄傲,似乎身份都高了一分。

# 文学写作班

　　在县职工业余学校，我一边读中专语文班，一边读文学写作班，因为两个班上课时间并不在同一天，所以并不相冲突。不同的是，中专语文班，我是注册了的，是正式生；而文学写作班则没有办理手续，属于不请自来。为什么会这样呢，具体我已经记不清了，但无非是以下两种情况，一是县职工业余学校规定，每人只能报名就读一个班；二是厂工会规定只能报销一个班的学费（当时读一个班，需交数元学费，开来发票，到厂工会报销）。而我自己有求知欲，而且两个班级都喜欢，权衡了一下，就选择了正规上档次的中专语文班，而且中专语文班里也有写作的课程，但我又不肯放弃文学写作班，也等不及中专语文班写作课开始，便迫不及待去文学写作班当了一名旁听生。

　　文学写作班的老师是县委报道组组长江凫生。江凫生老师是从部队转业回家乡工作的,尽管回来不久,但名声很大,他写的大版大版的有关"高峰牛""番薯王"的报告文学,出现在《浙江日报》和《人民日报》上。还有一层关系是,江凫生的妻子与我同厂,在科室做技术工作。我早就仰慕他,晚上在大会堂看电影,碰到他们夫妻俩抱着小孩散场出来,我也只能远远地看着。我没有机会直接认识江凫生老师,但我认识他的妻子,可以判断出是他了。

江凫生老师当时不到四十岁,个子不高,胖乎乎、笑眯眯的,温和,平易近人。他的学历好像只有初中,是在部队成长起来的"笔杆子",当时也有这种说法,县政府大院里有名的几个"笔杆子",全是初中学历。

文学写作班上课时,学生没坐满教室,因此,我去"蹭课"也不成问题。只是有一次我上交了作业——在方格纸上写的一篇作文,江凫生老师大概在批改时,对照点名册发觉没有这样的一个人,便在下次上课时问:这是谁？我在座位上毫无遮掩地答:旁听生。于是,江凫生老师在我稿纸的一角,用红笔写下"旁听生"三个大字,但这并没影响我继续旁听下去。而且后来我受到江凫生老师的器重和赏识,也成了这个班的骨干。中专语文班结业了,我成为了文学写作班的正式生。

江凫生老师上课以《写作学》《写作基础知识》之类的书为蓝本,有时候一个晚上讲一个章节,但我们更喜欢的是江凫生老师漫谈式的上课。江凫生老师是报道组的，全县到处跑，见闻的趣事多；江凫生老师是从部队出来的，经历也丰富，他提供给我们很多信息和一个全新的视野。

**1984年1月，温岭县职工业余学校文学写作班成员合影**

江凫生老师告诫我们，文学创作要善于"编故事"，特别是，你们不是科班出身的，文字功底比不上人家，想在语言上出彩很难，要想靠写景什么让自己作品发表和成功，那是难乎其难。他以部队作家冯德英为例，说，冯德英是山东胶东半岛人，20岁就开始创作长篇小说《苦菜花》，他最大的本领就是会编故事，是从小练成的，夏天晚上乘凉，他跑到一个地方讲他编的故事，当有人戳穿他讲得不合理时,他又会跑到另外一个地方,继续编,继续讲,直到讲得人们心服口服为止。用我们当地的土话来说,就是要有"水鬼都哄得上岸""鬼灯擎得呼呼声"(温岭方言,意为把人骗得团团转)的本领。但我内心对这个观点是不接受的、是排斥的。我以自己是一个文学青年自居、自傲,以为编故事是蹩脚的、下等的、土里土气的,我们写作要讲究文辞优美、格调高尚、情感抒发,这才是作品的高品格。(其实自己能有多少水平啊?)多少年后,我明白过来,当时江凫生老师讲的是一个至理名言。试看当今,戏剧、曲艺、影视等作品,首先得有一个好故事,没有好故事如何塑造人,如何叙述事,如何吸引观众和读者?而小说、故事则更别说了。哪怕是诗歌,有些甚至只是一二十行的短诗,也是以一个故事为壳子来表达的。而我在编辑散文时,面对着停留在写景状物的游记类稿件时,不用看完就已毙了——这哪里是文学作品,分明是一个景区的说明书嘛!好的文学作品,哪怕背景或地点是一个风景区,但叙述的是一个作者特有的故事。

江凫生老师还为文学写作班办了一本叫《苗圃》的油印刊物,学员写的东西,择优刊登在这里,一学期总得出几期。后来还升级了,他办起了一张小报,叫《故事天地》,名义上是县职工业余学校主办的,其实就是以文学写作班为依托的,这小报是送进印刷厂铅印的那种,因此还是比较正规的,有四个版面。我就在这小报上刊登了一个故事新编《南郭别传》，还刊登在第一版，很是高兴和得意。《故事天地》不仅刊登学员的作品，还走市场自行销售，因此需要一定数量和质量的稿件，所以还要接受社会投稿。有时候，我们晚上上课就阅稿，并在江凫生老师的指导下，给来稿者写退稿信。这个角色转换也是比较大的，一直以来，我们是投稿者，现在成为回复投稿的人，同时，我们也醒悟了一些事，我们之间也会自我打趣：以前收到退稿信上写着"文字能力还是比较好的"，会自我欣赏、自我陶醉，现在才知道，这是给投稿者一个脸面、一个安慰而已。

1984年7月，温岭县职工业余学校文学写作班结业留影

　　江凫生老师,原名江福生,据说因福生这个名太多了,为避免雷同,便用了这个生僻的同音字"凫"来代替"福"。如今还能在网上查找到他20世纪70年代在部队写的影评目录。江凫生是我文学创作上第一个老师,他说不上有高层次的系统的理论,而且还是以新闻写作为主的,但他富有写作实践经验,聪明灵活,能点拨和激发学员的创作思路和热情,更重要的是会提携新人,鼓励我们写作。记得我就是受饭桌上笑谈的触动,写了《面条》,就是一篇小品文或者叫小笑话。我一次去江凫生老师的办公室,看到他亲自为我抄写《面条》投稿。后来,《面条》竟然发表在上海的《笑话大王》杂志和《台州日报》上,江凫生老师还把全部稿费都给了我,那是好几元啊。

　　不幸的是,几年后,江凫生老师脑部生了个东西,得了绝症,英年早逝,人生永远停留在46岁。如果还活着,至今也才70多岁。

# 潮汐文学社

　　读文学写作班的时间,远远超过了中专语文班。中专语文班应该是1981年读了秋季学期后就结束了,而《文学写作班》这一篇上有两张班级合影照,一张写着是1984年1月,那应该是读了1983年秋季学期后拍的,一张是1984年7月,而且照片上写着"结业"字样,那就是读了1984年春季学期后拍的。前一张照片拍于人民西路当时县总工会的门前,是"实景",那是一个冬天的中午;后一张拍于人民西路上的温岭照相馆,与县总工会相近,那是一个夏日的傍晚,拍的是"布景"。由此可以判断,读了1984年春季学期后,文学写作班结束。从照片上可以看到,1983年秋季学期,还"人才济济",而到1984年春季学期则差不多少了一半,而且没有一个女同学。是当时通知出了问题,还是文学写作班真的"败落"了呢?

　　总之,职工业余学校停办了这个班,或者说同学们都结业了。这也应验了那句老话,天下没有不散的宴席。尽管是由于学员减少了的原因停办了这个班,但"由盛转衰"也是符合事物的规律的。

　　但坚持下来的同学们意犹未尽,不忍分别,在江凫生老师的提议下,筹办一个文学社。

　　那时,我们真是热血沸腾、青春澎湃,对文学有着痴迷和狂热。几经商讨和争议,在那个炎热的夏天夜晚,我们七八个人围坐在人民路与北门街交叉口的冷饮店里——这也是集体办的一个店,最后敲定了文学社的名称,同时决定办一份刊物。我们忘乎所以地欢呼,惊得四周的顾客抬头张望。

　　文学社名称为潮汐,理由是符合我们这个县的地理特征,而且我们温岭的江厦潮汐电站排名为中国第一,世界第三,挺有名气,挺让人骄傲的。而刊物则不再起名,与文学社名称相同,这是为了避免出现两个名称,分散了注意力,我们决定集中火力打好这个"潮汐"品牌。

　　通过一系列的筹备,举办了文学社成立会议,我们都分发到一份文学社成员的通讯录,确定了理事会,设立了社长、副社长,聘请了江凫生老师为顾问,规定每两个月编印一期刊物,并举办一次聚会,其中一个内容就是对新刊出的作品进行评论分析。会员除了原写作班的同学外,又吸收了一批来自各单位的文学爱好者。

文学社社长为县电力公司的陈晓春,副社长为县第二建筑公司的江领富,这人选应该是江凫生老师提议的,理由是他们两人年龄大,办事热情。我当时二十三四岁,也成为理事之一。会员还有县电力公司的林文君,县化肥厂的吴茂云、蔡小平,县通用机械厂的林建刚,县糖酒烟公司的林建华,县外贸局的沈文军,联谊印刷厂的江晓凌,县横湖小学的余培西,县花边厂的陈友玲,县渔业塑料厂的潘永忠,县水利工程队的潘小平,县草编厂的张伟竟……

在1988年温岭县文化馆编印的《温岭群众文化史》一书上有载:1984年8月13日,潮汐文学社成立。

在这个城市里,活跃着这么一群因为热爱文学而时常相聚的青年。他们工作在各个单位,居住在各个方位,把自己的热爱和理想,随着笔管的墨水书写在文字中。春天来了,满城空中飘浮着白色的柳絮,我们骑着自行车在环城路上驶过,在我们眼里,这已不是柳絮了,而是诗意和情思,生活由此多了一些亮丽。每期的《潮汐》刊物,由理事轮流编辑,会员的稿件各想各的办法,打印起来,再集中装订。每次聚会的地方,都由各个会员借用本单位的会议室举办,靠近车站的人民东路上的电力公司的会议室,似乎较多地使用,原因大概是社长陈晓春是电力公司的缘故。我们还搞了春游,骑着自行车到了石夫人峰,到湖漫水库的大坝。

我们在单位有的是工人,有的是营业员,有的就是勤杂工……

学历最高的也许就是高中，也有初中、小学的，但对文学充满热情。在写作体裁上，大家各有擅长，俞培西写故事，沈文军写散文诗，林建华写小说……而我似乎什么都写，这个时候我已经从车间调到厂部办公室做文书兼打字，除了在《潮汐》上发表稿件外，还自办了一份刊物，叫《小路》，自己写，自己编，自己打印和装订，当然这也是占了单位的便宜，里面收集的有小说、散文、诗歌、散文诗、相声、笑话等。记得我还把古华的小说《爬满青藤的木屋》改编为电影剧本，而且竟然改编完成了，只是因为太长，没能刊登在《潮汐》或《小路》里。只是无论是《潮汐》还是《小路》，那一本本油印刊物，在搬家中，都被无情地淘汰了，现在想想都觉得惋惜。

文学社创办一年后，召开了一次理事会，地点就在现在街心公园的西边，副社长江领富所在的二建公司的宿舍。根据各位上报的成果统计，我在上级报纸杂志上发表的作品最多，于是增选我出任副社长，兼刊物编辑组组长。

接着，潮汐文学社又坚持了几年，已经记不清楚了。大家各自奔波在生活的烟尘中，文学社也不了了之，偃旗息鼓了。但1990年江凫生病逝时，我们原文学社的七八个或者十来个骨干，都相互通知赶来。送葬途中，我们牵着的横幅上面贴的字是："老师，一路走好！"路人对庞大的送葬队伍满是疑惑，当看到我们的横幅时，人群中传来感叹声：原来是老师啊。他们不知道我们此"老师"非彼

"老师"。

文学社虽然消失了，但至少有两条成员的成果，被记载到《温岭县志》中。（该县志出版于1992年，记事止于1987年。）

一条是江凫生、潘小平的《眼睛》，一条是我的《伯乐相狗》。

《眼睛》为微型小说，大意是这样的，一个老局长到了医院看眼病，轮到他时，他见到老医生忙碌着，是徒弟接诊，连忙说，我等一下。到老医生接诊时，老局长坐了上去，老医生说，眼有病怎么才来看呢，老局长说顾不上啊，为提拔新局长忙得团团转。老医生说，新局长确定了吗？老局长叹气，唉，不行啊，这个能力不行，那个也有问题，实在是难找啊。老医生张开老局长的眼睛，说，你的眼睛真有问题啊，老花眼、青光眼、散光……

当时，正在大力提拔青年干部，讲究干部革命化、年轻化、知识化、专业化，一个发表过一篇短篇小说或几首小诗的业余作者，眨眼间就会被提拔为县文化局长，一个有文凭的教师，也许第二天就会被任命为分管文教的副县长，而县属工厂的厂长提拔为县领导，也属常见。这个小说的主题，就是讽刺这个老局长不只是生理上的眼睛出了问题，而且思想上的眼睛也出了问题。这个千余字的小说，在数个刊物上发表，接着，还在浙江省获了奖，而且是很官方的一个奖，应该是省委宣传部举办的，类似于现在的"五个一工程奖"。在颁奖的当晚，我在厂电视室里，在浙江电视台的新闻节目里,看到颁奖现场的报道。

而我的《伯乐相狗》很短,有点奇思异想。依照记忆,原文大致如下:伯乐善相马,名噪天下,崇拜者纷至沓来,请伯乐去相牛、相狗、相猪……一人家养灵犬数只,常以之炫耀,一日百般请伯乐去为他评定。伯乐盛情难却,端详了一会,从容不迫地说:"腿不粗,身欠高,还喜欢叫,这有什么用?!"不日,主人把狗全宰了,还不无感慨地说:"我差一点养了一群窝囊废。"

这个很短的故事,登在《中国青年》杂志1985年第3期上,因为属于国家级刊物,所以上了县志。

还有就是,文学社活动的消息两次刊登在上海的《文学报》上。

# 职工文化补课

那边，县总工会开办的职工业余学校如火如荼；这边，厂里从1982年开始，也根据上级部署开始了文化补课，即要求青壮年职工进行文化补习，通过统一组织的考试，要求语文、数学达到初中水平，方为合格。

以上是我的大致记忆，但如今找到了一个文件，就确切了。

这个文件是全国职工教育管理委员会、教育部、国家劳动总局、中华全国总工会、共青团中央于1982年1月21日以职教〔1982〕4号下发的《关于切实搞好青壮年职工文化、技术补课工作的联合通知》。

文件开宗明义："目前我国职工队伍中的青壮年职工，在各条战线上担负着很重的生产、工作任务。但是，他们中间大多数在'文化大革命'中被耽误了学习，缺乏文化基础知识和技术理论知识,不适应四化建设的要求。如何在最近几年内不失时机地给他们补上文化、技术课,使他们成为合格的当班人,进而成为四化建设的骨干,是一项具有重大战略意义的任务。中共中央、国务院《关于加强职工教育工作的决定》强调,搞好青壮年职工的文化、技术补课,是最近两三年内职工教育工作的重点之一。各地区、各部门都要按照《决定》的要求,切实抓好这项工作。"

由此可见,这次文化补课是全国性的,五部门关于青壮年职工文化技术补课的根据是中共中央、国务院《关于加强职工教育工作的决定》,职工文化技术补课是中共中央、国务院《关于加强职工教育工作的决定》中的一部分内容,或者说是一个重要内容,五个部门在联合抓落实。

文件规定补课对象为"凡一九六八年至一九八〇年初、高中毕业而实际文化水平达不到初中毕业程度的职工,和未经专业技术培训的三级工以下的职工"。

要求"进行补课的办学形式,要因地、因行业制宜。有条件的可尽量多办脱产、半脱产班,争取提前完成补课任务。文化、技术补课考核成绩应列入职工档案,并作为晋级的依据之一"。

同年12月2日,五部门又联合下发了一个补充意见,足见对这次文化技术补课的重视以及任务的艰巨、复杂。

按照文件规定,也就是说,高学历的、学历太低的(如小学文化的、文盲）不在补课范围，是初、高中毕业生都得进行文化补课，达到初中文化水平。从常理上说，这就有点奇怪了，初中毕业的去补初中课程，不符合生活逻辑；而让高中生去补习初中课程，则是荒谬了。但这在当时确实真正算是实事求是的要求和任务，十年"文革"不仅把经济搞得不可收拾，更把教育糟蹋得一塌糊涂，走出校园的学生徒有学历，实则肚里无货。对于大多数参加文化补课的人来说，都如临大敌、压力山大。可见"把失去的青春夺回来"是多么的必要。

我们当地主要进行语文和数学两门课程的补课。县职工业余学校就开设有语文和数学的补习班，而我厂则自行组织文化补习，应该大致有如下两个原因，一是我厂有三百多人，在当时属于大厂了，而且青年工人占了绝大多数；二是我厂青年工人大多数上的是四班三倒，保证不了县职工业余学校在晚上开设的上课时间。

教室设在办公楼的二楼，原来是我们团员的会议室兼活动室，把乒乓桌移走，摆上了新做的课桌。上课的时间就是每个轮班的"劳动班"，对于不太懂四班三运转的上班模式的读者，我又要解释几句了。一个轮班共八天，其中上白班两天，上小夜班（上半夜）两天，上大夜班（下半夜）两天，休息一天，在白班到大夜班之间，还有一个"劳动班"，一般上午来岗位打扫打扫卫生，擦拭擦试机器，或者由车间、厂部召集开会什么的，是比较自由的，这一天其实最多也就占用半天的时间,当然,也可能什么都不安排,所以名为"劳动班",其实在具体实行时是作为"休息天"或者是"半休"的,现在都用来上课了。就这样,四个班轮流上课,每个班一个上午,那么八天中就有四个半天在上课。而科室、机修等上长日班的,则自愿穿插到各个班上课。

厂里聘请了两位老师,语文老师是温岭中学退休的郑开骥老师。郑开骥老师是城关人,还是书法家呢,应该70岁左右了。一般从县城到厂里上班,是骑自行车的,但他是步行的。这既与他的年龄有关,也与他的性格有关吧。到上课那天早上,身材瘦小的他穿着蓝色的卡中山装,拿着一个包,沿着北山脚下的那条路缓缓走来,下课后,他又沿着那条路回家。郑开骥老师属于书法家特质的人,虽然年纪大了,但皮肤白净、打扮整洁、身材挺拔,说话不急不躁,一字一句,轻声细语。孙姓数学老师也应该是从温岭中学退休的,家在大溪的屿孙村,与郑开骥老师是两种"风格"。他打扮就有点土气,穿着灰色的衣服、解放鞋,无论是在课堂上还是生活中,都有点饶舌,就是表达不够干脆利落,有点啰嗦。他还带来了同样乡下打扮的家属,住在食堂大厅一边的楼上。他的妻子与他不同,总是不声不响地跟在他身后,像个小媳妇。

我当然也在补课行列当中,每一个轮班除了个别外,都在补课行列,厂里每次上课都要点到的。但我每次坐在教室里上语文课,就有点超然、自得,心理上占有优势。对于数学,一些最基本的知识,我硬着头皮钻研下去,能弄懂一些,但对大多数知识则是如坠雾里,不明就里,很是懊恼。

教学了一个阶段后,郑开骥老师进行了语文模拟考试,结果四个班成绩的总排名,我第一。也可能比第二名只多了半分一分的,但这第一名,让我稍稍出了点风头,工友之间在谈论着、指点着。不久以后我被调到办公室,不知道与此有无关联。

接着,县里组织了第一批统一考试。值得说明的是,临近考试时,接到通知,因我获得了县职工业余学校的中专语文班的结业证书,语文科目免考。这个喜讯,不仅仅在于免考本身,考语文我没问题的,更在于那种优越感。也许这是我获得这个证书后,唯一一次发挥作用。我参加考试的科目是数学。那个盛况至今印在我脑海里,时间一到,人潮滚滚涌入定点考试的学校,我才发觉,文化补课不仅仅是对工人,也包括机关干部,因为我发现团县委的干部也出现在人流中。数学考试的过程,那叫一个紧张,如打仗一般,最后成绩下来,我合格了,但这只是一个表面的结果。说起来,都不好意思,反正这不是我真实的水平。

文化补课历经数年。我调到办公室后,还参加了全省化肥系统文化补课工作会议。这次会议放在台州化肥厂举办,我代表我厂出席,主办单位我已记不清了,不知是省石油化学工业厅,还是省化肥农药公司，化肥厂的省主管机构就是这两个。但会议中的一个细节我至今记得。会议中传过一张打印的表格，上面有全省40多家化肥厂应补习的人数，应该也是之前各个厂报上去的。主持会议的工作人员让与会者核实本厂人数，而我觉得我厂的数字与我掌握的对不上，就划掉重新写了一个。至今我还惦着这事，这数字我该不该改？我改得对不对？可能只是统计口径、统计对象的关系不同而已。

补记：尽管台州行署设在临海，但台州化肥厂却在椒江，我们住宿的联谊饭店，是一幢新建的四五层楼的房子，房间里有宾馆的气派，后来听说是村里或是街道办的，很是吃惊，在我的印象里，村或街道办的旅馆都在小街小巷里，房屋低矮、设施陈旧。

联谊饭店门前是一条光秃秃的沙石路，偶尔有汽车驶过，尘土飞扬，傍着沙石路的是一条河，河边有零星的芦苇和杂树，台州化肥厂就在斜对面的河旁。联谊饭店的门口，有间破旧小屋，门口却挂着一副镌刻在木板上的对联，为"为公忙为私忙忙里偷闲吃碗面，劳心苦劳力苦苦中作乐喝杯酒"，横批是"一品香接力店"。"接力"是土话，相当于点心、非正餐的饮食，有"早接力""晚接力"和"夜接力"之分。

会议放在化肥厂内一幢办公楼的三楼召开，大家围坐在一个大会议桌前。有位中年男子不是一般的胖，肚皮特别的大，他低垂着头，大睡起来，偶尔醒来抬抬头，瞧一瞧，又低头大睡，关键是呼噜很响。我这个 20 岁出头的青年，瘦骨伶仃，对此感到很是惊奇，怎么这么能睡呢？对面一幢房子是厂宿舍，也是三楼，一个姑娘正对着挂在窗棂的镜子照着，与我们面对面，虽然有一段距离，但看得真切。她不断地照着，梳着刘海，左看右看，顾怜自爱。我心想，这就是少女，这就是怀春。

# 手表自行车

从衢县培训回来，化肥厂就要进入开车生产了，也就是说我们要开始正常上班了。那一次在家里，父亲说，工人上班得有手表了。

好多年后，有记者评述，改革开放以来，人们的时间观念得到了加强，以前约会什么的，都说，"咱们约在晌午吧。""我明天上午来。"甚至是"我下半年来。""明年开春见。"是约数，现在呢，精准，会具体到几点，甚至几分。其实，工人还是有着时间观念的，特别是我们三班制的工人，上班是比较严格的，时间到了，你不去接班，人家就下不了班。

父亲说，该有手表了，显然，他是了解工人的上班特点的。但手表不是说有就有，这在当时是稀罕物，并不是每个家庭都有的，即使有，那也是家庭的贵重物品，甚至是大件物品。还好，我父母是公社干部,都戴着手表。于是,商定把母亲的手表先给我戴,但并不是马上就摘下手表来给我,还留有机动。那次母亲说好了,你需要手表的时候,把家里的闹钟拿来。家里有一只小闹钟,那是几年前,父亲到上海胃部动手术时买回家的。

已经进入轮班生产了,这应该是"需要手表的时候"了吧。那个休息日,我来到家里,拿上闹钟,朝母亲的公社走去,将近二十里吧,心里好激动啊,我马上就有手表戴了。但母亲有点反悔,说"你再看看是不是真的需要"。闹钟留下了,但手表并没有给我。我从原来的激动变成失望,又不好意思强求,但这个失望好像又在我的意料之中:我怎么能这么快就戴上手表呢?母亲工作这么多年了,也才戴上手表不久。我知道母亲还是不舍。

但没过多少时间,母亲还是摘下这只"宝石花"牌手表,戴到了我的手腕上。啥叫爱不释手?啥叫抚摸不休?这只手表,硬硬的、光光的、沉甸甸的,闪着亮光,关键的是这表中的时针、分针和秒针还会转动,变换着不同的读数,放在耳边还能听到秒针"哒哒"走动的声响,不足的是黑色尼龙表带的局部已经出现毛边了。

手表得每天上发条,才能保证它走动,我定在晚上7点钟,准时去拧紧,会发出轻微的"吱吱"声。有了手表就是不一样,抬腕一看,随时提供准确时间,既给生活和工作带来很大方便,还能在人们面前显示自己的身份。

工友手腕上时常发生着变化。我们彼此也下意识地打量着对方的手腕:他戴手表了吗? 戴上了的话,则要逮住时机,悄悄地看仔细是什么牌子。那时时新的手表是:"宝石花"牌,85元;"钻石"牌,90元;"上海"牌的就需要125元;还有一个是"钟山"牌,价格是40元。

我戴的"宝石花"牌手表并不长久。彼时,我们当地渔民在海上拿捕获的海鲜与中国台湾渔船做电器产品包括手表等贸易。父亲的单位辗转搞来了几只"双狮"牌手表,就给我买了一只。这只手表的价格与"钻石""宝石花"等相近,但给我却是全新的感觉,它造型新颖,表体增大,重量增加,颜色也不同,以前的表盘是千篇一律的白色,我的是茶色的(我还看到过同一品牌的是天蓝色),还能走星期、日历,最显著的特点是"全自动",即不用上发条,它永远都会走动,简直叫人不敢相信。据说是戴在手腕上,随着手臂甩动就在自动上发条了。

戴上这样的手表简直是与众不同。那只"宝石花"牌手表,我则还给了母亲。

"宝石花"牌手表(图片来自网络)

手表之后是自行车。我是在拥有了手表一两年后购买自行车的。化肥厂处于偏僻的山坳，离县城五六里路，看个电影上个街的，没有自行车就步行，要说多不方便也不好说，可看着人家骑着自行车从身边驶过，总有点失落感，哪能不眼馋和心动呢？还有回家时，我是乘汽船的，终点和起点站是县城，但我是离县城两站的下保渭渚乘船的，不仅是为了少几分钱船票，主要是从厂里到县城反而路远。汽船班次少、速度慢，显而易见。于是，我特地给父亲写了一封信，说了以上种种原因，表达想购买自行车的愿望。还说到，休息天骑自行车回家可以呼吸到新鲜空气，不至于坐在汽船里闷着，这理由好像有点牵强了。后来见面了，父亲表示赞同。

一天躺在宿舍床上睡，我想着就要有自己的自行车了，我那个激动啊，尽管睡意蒙眬，但还是撑起身子，睁开眼睛，看了看床边的空地，好像自行车已经到了，停这里也挺合适。

自行车最吃香的当然是上海生产的"凤凰"牌和"永久"牌了，那是响当当的名牌，但从外表来看，"凤凰"牌又明显优于"永久"了，色泽更明亮外表更光滑。还有一个牌子叫"飞鸽"，是天津产的，特点是比较笨重。而杭州生产的"杭州"牌自行车档次就差多了。一辆"凤凰""永久"自行车售价在120元左右，其他的则低一些。但购买自行车光有钞票还不行，还得有供应券。

自行车和手表成为我们追求的"两大件"，也是我们两件最大的个人资产了。好多人为了购买自行车和手表就做起"互助会"来，每人每月凑10元，累积一年大家就能买得了手表或自行车了。但也有人选择购买二手或者是杂牌的手表和自行车，花费就少了。

我先有一辆"永久"牌自行车，后来又买了一辆"凤凰"牌42型自行车置换。这型号的自行车又叫载重型，结实牢固、闪亮发光。我的同学林忠良有一辆新款"凤凰"牌自行车，叫18型，就是"全链罩"，原来的自行车链条处在半包，现在则改为全部包在里面的，还有不同的是，停立时，只要打开后胎处的一只"脚撑"，就能与前轮和后轮成为"三足鼎立"之势，并不是像以前那样，要提起后轮离开地面，按下两点落地似栅栏的脚撑，才能与前轮"三足鼎立"。这种自行车的特点除了新颖，就是轻便。而他是乡干部，还结婚了呢，

当时的"凤凰"牌18型自行车（图片来自网络）

一辆自行车载着两人在山道上骑行,显然有点"不堪重负",就想与我这辆车对换,我这辆载重型自行车只在县城短途骑骑也有点"大材小用",反过来,这18型正适合我呢,轻便。于是,成交。

我又时兴了一步,骑着我的全链罩"凤凰"牌自行车,戴着"双狮"牌手表,穿着蓝色的工作装,风驰电掣。我来了,新时代的工人阶级。

# 8080收录机

　　我和曾敏华在县汽车站坐上了班车,客车摇摇晃晃地翻过藤岭,向石塘驶去。

　　这是1981年秋将尽、冬将至的季节,厂里已停车歇工,出行这天是不是星期日,我已记不清了。

　　从现在的道路和车辆情况来说,从城区到石塘的老街,一个小时左右就可以到达,但我只能以当时的情况来叙述:远离县城,沙石路,有限的几辆班车,没有现在新造的几条道路可以"直达",要"绕"得多,关键是没有隧道。

　　曾敏华是我县职工业余学校的同学,是县果菜公司的会计,他家在石塘。此行的目的是他陪我去购买一台8080收录机。

　　石塘属于半岛,是渔区,面积狭小,海湾傍着石头山,山上建满了石头屋,连小巷、街道都铺着石头。我们当晚就落脚在曾敏华家。曾敏华家四周全是拥挤的石屋,他家当然也是石屋。曾敏华和他妈妈细声地拉着家长里短,很融洽。他家还有他父亲,都性格温和,说话轻声慢语,也许是家庭基因或者环境使然。我则通过石头窗口,看到了海湾上的落日余晖。

夜晚,曾敏华把我带到同样是石头屋的一个渔民家里,主人从一个柜子里小心地提出了这台8080收录机,摆在桌上,在我们面前试放、试收,同时也如实地说明,录音设备中一个小零件坏了,要修理更换。

过程并没有多大复杂和纠结,我从口袋里掏出三叠钞票递上,每叠10张拾元大钞,共300元,这是当时的市价,然后,我们就提上这台8080收录机走人——成交了。走出门,我看到石屋下在夜色中铺展开的海面。

这台8080收录机,可以往前再推一两年,属于"高端""极致"的电器产品,还有点来路不正,是大陆渔民在海上用鱼和中国台湾渔民换来的,最初出现在我们厂的宿舍时,播放着邓丽君的"好花不常开,好景不常在……""美酒加咖啡,我只要喝一杯……"这样的"靡靡之音",但我们的心又好像被什么融化了,沉醉其中。这8080收录机也近乎是"反面角色"和"反面道具"。

这台8080收录机,在我购买时,当然还属于奢侈和贵重物品。双喇叭,双频道,能收音,又能播音,还能录音,就连天线都是银白色的，三截连贯，能伸缩，能折叠。但我至今还是疑惑，当时我是怎么"大手笔"地购买了这台8080收录机的。300元，以我当时的收入，一年绝对积攒不下；300元，比一只"钻石"牌或"宝石花"牌手表的三倍还要多，比一辆"凤凰"牌或"永久"牌自行车的两倍还要多，特别是对我这个生活比较节俭的人来说，是如何决定拿出"巨款"做成这笔生意的，而且还是有点不正规的买卖？是经不起诱惑，希望在这个冷清的山坳里，能有个"现代化"的东西来陪伴我，添光增彩？还有一种可能，彼时，我准备读电大了，也就是说，购买这台收录机是作为学习必需品购置的。

这台8080收录机，分三波段收音。每个星期日，我会闲适地坐在阳台上，晒着太阳，收听中央广播电台9点钟的《星期音乐会》节目，这成为一种准时的享受。1984年7月洛杉矶奥运会上，许海峰夺得中国首枚奥运会金牌，我就是通过这台收录机听到消息的，振奋人心啊！它还能播放盒式磁带，这可是新科技。一买到这收录机，我就上街买了两盒音乐磁带，一盒是郁钧剑的歌曲集，一盒其中有一首是日本电影《狐狸的故事》的主题曲《大地早上好》。这是邓小平在1978年访日后，为了加强中日文化交流，从日本引进的三部电影之一，另外两部是《望乡》《追捕》。这两部电影我在最近的时间内都观看了，不知为什么，《狐狸的故事》一直没有观看到，这是一部动画片，但主题歌以这个方式出现，让我不断聆听。

我购买的8080收录机

收录机还可以录音，就如收录机原主人所言，是坏了，我拿到街上电器修理商店换了一个零件后，没费多少钱，就修好了。录音首先要备好空白磁带插入，分为两种，一种是内录，就是在收听到什么节目时觉得有必要，就给录音下来，比如，上课。我曾经收听到一组美国的乡村音乐，我就录下来，之后反复聆听，这是从来没有过的体验，热烈，奔放，乡村味道。一种是外录，就是现场录音，我不会唱歌、朗诵什么的，因此，这个功能只是玩过一两回，就没有再用了。

前面我猜测购买这台收录机为读电大准备，是有根据的，可是，这台收录机却没有为我以后就读电大发挥过作用，也是有实际原因的,具体到《上电大了》一文中再详细说吧。

　　还有一点是,这收录机为什么叫"8080",我至今仍不明就里,大概是指型号吧。

# 西装领带

西风渐进,眼花缭乱,有人穿西装了,有人竟然穿西装了!

大逆不道啊,这还是个中国人吗?

我们的正装是中山装,风纪扣扣得严严的,最多是放开一颗纽扣;而这西装,真是个"大翻领",一翻就翻到了肚皮上,翻到腰带上了。这还算衣服吗?还有实用价值吗?出格,出格得厉害啊!还有,穿西装时,脖子上还扣着一条叫领带的东西,花花绿绿的,也毫无用处,像箍子似的扣着,与人打架,倒要被揪着勒死。

1980年的春天,城关镇团代会在坊下街的二楼会堂召开,其中一个议程,是邀请一位知名人士对团员进行爱国主义教育、人生观教育,谈到现在有些年轻人穿上西装的问题,该先生以见多识广之气势,以大不以为然之口吻,说道:大城市里的人备有西装,也只是在节日里穿穿,来了外宾时穿穿,而我们现在一些县城的年轻人,竟然连平常日子也穿上,还显耀呢。

我心里嘀咕了一下:既然大城市里人可以穿,怎么县城里的人就不能穿呢? 既然节日里可以穿,怎么平常的日子就不能穿了呢?

诸位,并不是我当时已穿上了西装,对该先生有着本能的反感并"捍卫"自己穿西装的权利,而只是从生活逻辑上,用现在的话来说暗暗地"吐槽"了一下而已。

我在穿着上拘谨得很,土气得很,甚至很邋遢呢,哪敢做穿着上的"出头鸟",哪敢越雷池,哪敢闯禁区呢? 反而是到了后来,年纪大了,穿着却大胆了,什么款式、什么颜色的衣服都敢穿上——这是后话。

而现在想,当时有些年轻人是受什么影响,敢冒天下之大不韪,穿起西装的呢? 是直接见识到洋人或港澳同胞穿西装的魅力? 不可能,那时出境、出国几乎不可能,哪怕是县委书记也轮不到。是受影视的影响? 这个要分开来说,电视也不可能,一是电视当时还谈不上"普及",平常百姓家里拥有电视机的寥寥无几,而且电视节目是受到严格控制的,是掌握主旋律、讲究导向的。对,那就是电影了。这个时候,不但电影比电视的影响力大,而且那些故事片一放,不但故事扣人心弦,男角帅,女角美,而且国外、境外的生活方式,包括穿衣打扮直接进入了人们的视野,深刻影响着人们的生活和行为。

比如，日本影片《追捕》。一脸冷峻、不苟言笑的高仓健扮演的杜丘，被人诬陷，出生入死，终于洗刷冤情，并获得爱情，其硬汉形象跃然于银幕上。他身材修长，动作威武，穿着西装，或伫立，或奔跑，或挥拳猛击对手。尽管观众已经走出了影院，但这一个个洒脱和勇猛的镜头，仍时常在观众脑中闪现。还有香港影片《巴士奇遇结良缘》，让我们第一次见识了资本主义社会制度下香港同胞的生活和形象。

而媒体上则对此持否定的态度，我们时常看到这样的漫画：一个流里流气的青年，戴着"蛤蟆镜"，穿着宽大的西装，提着收录机招摇过市。

我是正派青年，还在积极上进，争取做一个有文化的人，你说，我能穿西装吗？

但我到底还是穿上了西装，你说让人惊奇不惊奇？那时已经是 1984 年或者是 1985 年了。那个时候，党和国家领导人率先穿上了西装，有提倡消费、拉动内需的说法了，甚至把穿西装提升到是否赞同改革开放的高度来对待了。作为共青团的干部，那当然要以实际行动支持改革开放了。

其实这个时候，穿西装的事情变得轰轰烈烈起来，连农民也穿西装了。我也加入这个行列中，记得是朋友帮忙，给我买了块布，把我带到一个裁缝店里量身定做的，并不是现在流行的成衣购买。

西装做出来了,烟灰色的,一套,这是一个里程碑,改革开放后我竟然要穿西装了,这在以前连想也没想过。

我郑重其事地选择了一个星期天,在厂宿舍,激动又不安地穿上了这套西装,还配了一条领带。这条领带是团县委一次活动的奖励,还是县丝厂刚试产的,说明团工作连奖品也紧跟时代步伐。领带我不会打,是让别人打好结套上去的。再骑上"凤凰"牌自行车,我很隆重地进县城了。

天气晴好,路人悠闲,我顺着那古老狭窄的北门街而上,可怎么总觉得千万双眼睛紧盯着我,如芒刺在背,极度的不自然,冒出了热汗呢。尤其是那条领带,好像勒得我喘不过气来。

从此以后,我极少戴领带了,西装倒当作便装、外套,松散地穿着,气温一高,随便一挂,甚至一扔就是。

# 我和《浙江工人报》

在当时我们文学爱好者的圈子里,有着这么一个说法:正式发表是指稿件发表的刊物是有正式刊号的,刊物级别是指省级及以上的。除此之外,发表在那些级别低、没有刊号的刊物上,都不算"正式发表"。

直到如今,我还不知道这个说法对不对。

我算作"正式发表"的第一个作品是《南郭别传》。创作这个作品,最初冒出的一点想法是在街头。那个时候文艺活跃起来了,走穴、扒分(走穴是指体制内的演员私自外出演出赚钱,扒分是指捞外快)盛行。一个晚上,我从县大会堂看完电影出来,看到剧院门口有张大大的海报,说来自上海的著名演员某某等人来演出,搞得咋咋呼呼的,招徕观众。我心想,这些人起码我都不认识,还提什么著名呢,也许在上海只是三流、末流的,谁知道呢,现在一说来自上海的，就好像代表了上海水平，还是上海"著名"的呢。

有一个夜晚，我躺在床上辗转反侧，绞尽脑汁地想写点什么，痛苦啊，但也精神可嘉。迷迷糊糊中，忽然，犹如电光石火地显现，当时剧院门口看到海报的感想，与成语滥竽充数中的南郭先生对接上了——如果南郭先生来到一个新的地方，打出一个自己从皇上乐团出来的招牌，不是要红遍天了吗？这也就是所谓的灵感吧。

我嚯地起床，拉亮电灯，写了起来。于是，就有了这篇《南郭别传》。

我原来的题目叫《南郭新史》，当时正在县职工业余学校读文学写作班。我把这篇稿子当作作业交上去。江凫生老师看了后，大加赞赏，有新意、有思想，并把题目改为《南郭别传》，说这个形式是故事新编。当时县职工业余学校创办了《故事天地》小报，这篇就编入了，并且发表在头版报眼的位置。

后来，《浙江工人报》竟然也刊登出来了，是我自己寄的，还是江凫生老师寄的，已经记不清了。值得说明的是，当时《台州日报》还没创办，当然更没有它的子报《台州晚报》《台州商报》，离《温岭日报》创办则更远了，甚至连《钱江晚报》也还没创办，我们投稿给报纸的话，不是《浙江工人报》，就是《浙江日报》。《浙江工人报》的文学副刊叫《号子》，《浙江日报》的文学副刊叫《钱塘江》，所以我们的稿件发表的园地很少，很难发，一发就来个省级的，起点也算是蛮高的。《南郭别传》在《浙江工人报》的《号子》副刊刊登出来了，具体时间是1984年4月14日。厂里订有十几份的《浙江工人报》，发到各个车间和科室的。当我看到自己的《南郭别传》时，真是觉得天都高了一截，说不出的高兴。

于是，我也有了"正式发表"的作品了。

然后，我又在《浙江工人报》上发表了散文诗、小小说，并通过江凫生老师得知，《号子》的编辑是一个年轻的女作家，叫王旭烽，还不到三十岁呢。我有些稿件是江凫生老师寄上去的，包括县职工业余学校写作班的《苗圃》，以及后来潮汐文学社的《潮汐》，里面都有我的习作。江凫生老师是县委报道组组长，与省级报纸应该是有联系的。我除了寄我新写的稿件外，可能也寄去了自写自编自印的《小路》。江凫生老师告诉我们，王旭烽老师是如何地痴迷文学，写作又是如何的高超，王旭烽老师也成为我们心中的传奇，我阅读到当时她的小说《从春天到春天》《从春天到夏天》系列，反正那个时期，只要有她的小说发表，我就拿来拜读。不久，王旭烽老师通过报道组江凫生要借用我到《浙江工人报》做《号子》的实习编辑，或者是江岛生老师推荐我去做实习编辑，记不得了。这对于我来说，当然是大好事啊，省城、杭州、西湖，关键还是报社、编辑，但厂领导不同意。报社通过报道组不断催促，编辑部急需我上岗，但厂里还是死活不放,此事最终黄了。为此,王旭烽老师特地给我来信,鼓励我,要我继续写作,不要放弃,"以我的感觉,你会成功的。"

我也记住了,在遥远的杭州,有一个女作家叫王旭烽。后来,王旭烽成为浙江省作家协会的副主席,她的"茶人三部曲"中的《南方有嘉木》《不夜之候》获得国家"五个一工程奖"、鲁迅文学奖、茅盾文学奖,当然,她的成就远远不止这些。

一直到今天,我也不知道我是否成功了,但我总觉得没有写出像样的东西来,很是惭愧。一直到今天,我也没有与王旭烽老师见过面,也没有到过浙江工人日报社(现名),但我无法忘怀,《浙江工人报》和王旭烽老师对我这个年轻的工人业余作者给予的扶持,发表那些作品的报纸,至今还保存着。那些年的《浙江工人报》还不是日报,应该是周三报;也不是大报,是小报,但王旭烽老师编的《号子》文学副刊,套红,插图,办得非常活泼醒目,不仅成为发表我们稿件的园地,也成为我们一代业余作者的精神家园。

**附:**

### 南郭别传

却说那南郭先生,自齐湣王登基后,仓皇逃窜,好一副狼狈相,但他逃到民间混了一些日子,又得出一番道理。

一天,南郭先生来到某乐团办公室,摆出一副高傲的神态自我介绍说:"我是从皇上乐队来的……"乐团团长笑容满面,连忙让座倒茶:"久仰,久仰,有失远迎……"南郭先生身子陷在沙发里后,翘起二郎腿,继续吹嘘起来:"我原是皇上的首席吹竽手,到过许多国家访问演出,曾受到很多国家的国王、元首的接见。因北方气候干燥,我的身体不好,因而离开了皇上乐队……"团长毕恭毕敬,点头不迭。

南郭先生很快被该乐团重用。在乐池里,南郭先生也确实有点心虚,什么小提琴、电子琴,他以前连见也没有见过。但人们却对他刮目相看,捧为上宾,南郭先生的心也就宽了,他捧着竽,装模作样地吹奏着。一次,一个愣小子忽然嚷起来了:"南郭先生吹竽怎么连起码的节奏感都没有的呀?"

"你懂什么?他是从皇上乐队来的!"团长狠狠地训斥了愣小子;"这小子好狂妄,不知天高地厚,竟敢说皇上乐队来的坏话!"乐手们附和着团长,对愣小子群起而攻之。

一天,乐团来到某大城市演出,海报赫赫显目:"该团有原在皇上乐队供职的南郭先生……"全城轰动,售票处人声鼎沸,盛况空前。

这样,南郭先生身价倍增,又混得相当不错了。

# 剪　报

调到厂部办公室，一个显著的变化，就是能读到更多的报纸了。其实以现在的眼光看，也并没有几张报纸可看，两个厂领导办公室，除了订阅了《浙江日报》《浙江工人报》外，还有《经济日报》《解放日报》《参考消息》《人民日报》，还有一份是当时机关、单位作为消遣的《羊城晚报》，我做共青团工作，除了订有《中国青年报》外，还有《天津青年报》之类的。一句话，这比我在车间上班能读到的报纸多得多了。一个车间只有《浙江日报》《浙江工人报》两份，而且是送到车间办公室的，我们在车间的，除非去拿来，当班时才能看得到，而我们又是三班制，上夜班要看白天当班的能否把报纸传下来，有时报纸或者被撕得缺版、破碎了。

但之前在宿舍曾经有一个阅览室，就是宿舍底层的第一间，中间摆着阅览窗，阅览窗上有玻璃，前面有凳子。每天工作之余，我见有了新报纸,就会拿上一本笔记本和一支圆珠笔,坐在阅览窗前阅读,并把有关内容摘录下来,这已形成习惯。

现在想想,一个20多岁的年轻人,这么认真安静地学习,自己都把自己给感动了。只是后来,这间阅览室停办了,当作寝室了。不过,几年后,厂里又在旁边新建了一个两三层的建筑,当作职工文化活动室,有乒乓球室,有康乐球室,有阅读室,还有图书可出借。这是后话。

厂领导办公室用的是那种木质的报夹,现在已经见不到这种报夹了。就是一根木条上安着两个铁质夹子,两个夹子是夹报纸的,而报夹又放在一个木架子上。每天把新来的报纸夹上去,是我这个文书的事。当报纸夹厚了,得取下一部分,这当然也是我的事。取下的报纸被叠在储藏室里,以后会当作废纸卖了。这其中,每当有空闲的时候,特别是厂里放假了,我值班时,会把旧报纸一叠一叠拿出来,放在办公桌上,一张一张地翻阅过去,看到感兴趣的,就拿起剪刀,剪下来收藏起来。剪下来的当然是文字为主,但也有美术作品,比如漫画,比如《解放日报》副刊《朝花》、《人民日报》副刊《大地》等的刊头画都很漂亮,往往是近似简笔画的画面,出现树、向日葵、落日和人物,给人想象的空间。

堆放剪报的文件袋越来越厚,鼓鼓的,一个放不下了,就再来一个。然后我就开始最后一道工序了,粘贴剪报。为表示郑重,这项活我会带到宿舍里做。带上几大本换下来的《红旗》杂志，这也是月刊，每个办公室都有，再来几瓶胶水，我在自己宿舍的桌上摆开了战场。

先把剪报按类别分起来，一堆一堆的，再按类别粘贴到相应的《红旗》杂志上。剪下来的报纸，有大有小，形状不一，有些方方正正，有些长条状，有些却是梯田状。有些剪报比较大，粘贴上去刚占一个页面，有些则多了一小方块，对不起，这只能靠折叠了，更多的是一个页面得靠几个剪报拼凑起来，而且要刚刚好。所以看似简单的粘贴，其实费时、费脑，比耐心、讲技巧，但也能从中得到乐趣——当一个页面被粘贴得严严密密的，不留一点空白，又不多一点累赘时，我心中就有说不出的愉悦。

再拿来那种粗粗的水笔，蓝色的，根据门类，分别写上：政治时事、历史地理、生活常识，当然最多的是文学作品，竟分了七八个门类。过了两三年，我积累了二三十本的剪报。这是靠自己积累起来的读物，因此有空时翻阅，别有一番味道。

# 工具书

工具书是学习的帮手，也是无言的老师，一册在手，能给学习和工作带来许多方便。这个时期我也逐步增添了工具书，下面给予罗列，从工具书中也可以窥见我学习的范围和行程。购买日期截止于1985年。

1.《现代汉语词典》。中国社会科学院语言研究所词典编辑室编，商务印书馆出版。版权页上记载，该书"1978年12月第1版，1983年1月第2版，1983年1月第39次印刷。定价5.50元"。这是我使用频率最高的工具书，这也是在我国产生巨大影响的工具书。可以说从事各行各业的人员，无论文化程度高低，大多拥有一本。我有个好习惯，在写作中喜欢查字典、词典和成语词典，即使是平时熟悉的、常用的词，但当自己真正在写作中运用时，哪怕有一点点意思的不确定、不确切，也要拿起典籍确认一番。当然，用得最多的就是词典了。比如，要用一个词，有几个意义相近的词，究竟该选择用哪个呢，这个时候就得用上词典了。根据版权页，我购买的是1983年1月第2版的印刷。那么，问题来了，这个第1版，1978年12月就出来了，这4年里，我怎么就没有购买上呢？是第1版发行量少，书店断档，还是我曾经购买过第1版，以后用旧了，丢失了？这已经无从考查了。但之后，我为女儿购买过另外版本的《现代汉语词典》，而且不止一本，但都散页、破损了，给丢弃了。书店也时常出现似是而非的《现代汉语词典》，但不是商务印书馆出版的，那就不是"正宗"的了。我这本1983年第39次印刷的工具书一直保存了下来，算一算已经有35年了，基本还算完好。去年，我又购买了第7版的2016年9月第560次印刷的《现代汉语词典》，定价是109.00元。感慨有二，一是居然已经第560次印刷了，这本工具书至今一共印刷了多少本？二是词典的定价从5.50元涨到109.00元，价格提高了将近20倍，但从整个物价和工资指数来看，书价的增幅还是不高的，而且现在的版本比原来的开本还要大、字数还要多、页码还要多。

2.**《汉语成语词典》(两本)**。甘肃师范大学中文系《汉语成语词典》编写组编，上海教育出版社1978年6月第1版，1979年6月浙江第1次印刷。定价1.75元。红色的塑胶封面，小开本，专业一点来说，是64开。这本词典我购买得比较早，上班第二年就拥有了，还记得刚购买来时，出了点小事故。不知怎么的，把喝的水倒在这本词典上面，当时这本词典是立着的，也就是说，词典的上半截给淋湿了。就要上班去了，当时我刚从家里搬来了床前橱，这本词典就立在床前橱的靠墙壁处，灯泡从上面挂下来，离词典不过几厘米，我就开着灯泡烘烤着，去上班了。待上了8个小时的班回来，发现灯泡上的电线没挂好，灯泡坠落在词典上面，还在发光发热，词典的纸张薄薄的，有将近900页，渗进去的水没有烘干，倒把塑胶封面的顶部烤焦了两三厘米，至今还凹着，边沿黑黑的。后来，我又添置了《现代汉语成语词典》的增订本，出版社一样，编者一样，只是原来的"甘肃师范大学中文系《汉语成语词典》编写组"，变成了"西北师范大学（前甘肃师范大学）中文系《汉语成语词典》编写组"，意思可以理解，就是甘肃师范大学改名为西北师范大学了。不同的是，开本扩大了一倍，由原来的64开变为32开，字数由原来的494000字，提高到1032000字，价格为32.00元。但前面这本小开本的、一角被烧焦了的，我一直保留着。

3.《常用构词字典》。中国人民大学出版社，1982年7月第1版第1次印刷。这是我的一本常用字典，其常用程度，应该是除了《现代汉语词典》之后就是它了。这本字典最大的特点，就是查一个字，下面会排列着有关这个字的一系列常用词。比如"春"，先介绍"春"的多项意思，然后排列"春"字列在首位的词，如春饼、春播、春蚕、春凳、春小麦、春风化雨……接着排列"春"字在第二位的词，如长春、初春、打春、大春、怀春……然后是"春"字排列在第三位的字，如碧螺春、满面春风、雨后春笋……最后是"春"字排列在第四位的词，如大地回春、枯木逢春、妙手回春……

4. 《辞源》。打倒"四人帮"后，《辞源》《辞海》的修订编纂工作紧锣密鼓地进行着，我购买的是《辞源》。《辞源》共分四册，是商务印书馆分期出版的。因为这项工程浩大，不是四册一起出版的，而是成一册出版一册。根据我在各册《辞源》扉页上的记录，我是1980年购买的《辞源》一。当时把它从新华书店抱回来，好沉，心里也好激动啊。放在床前橱上，几乎占了一半的桌面。黑色的硬封面，正中竖写着叶圣陶题写的金黄色的"辞源"，四周是浅浅的11个菊花的图案。1981年，我又购买了《辞源》二，然后，在1983年1月购买了《辞源》三。现在这三册《辞源》就那么整齐地排列在我的书橱上，应该是我所有书中"块头"最大的。哎，有人要问了，你上面不是说《辞源》是四册吗，怎么变成三册了？听我说来，应该是在1983年下半年，《辞源》四上市了，我也在新华书店看到了，也足见我上新华书店是比较频繁的。但当时我一犹豫、一缩手，没有买上。原因是掏钱有点心痛。前面三本《辞源》的价格分别是5.70元、7.10元、8.90元，我忘记了这第四册是多少钱，这些数目相当于什么呢？这么说吧，一册《辞源》相当于我一个月的奖金还要多。

记得最初发奖金是这样的,每人每月的基数是5元,但要分一、二、三等奖,大部分人是拿二等奖,5元,个别人拿一等奖和三等奖,一等奖7元,三等奖3元。相当于一个月基本工资的五分之一还要多。我们的工资,一级工是30元,二级工是35元。购买《辞源》这样的书,确实也是个人的一项巨大开支。但我到底心有不甘啊,过了些日子,当我重新迈进新华书店准备购买时,却被告知《辞源》四已经卖完了。以后我也一直在留意,但这个《辞源》四再也没出现在柜台上,可惜不? 后来,县化工机械厂的团总支书记章承纲跑到厂里找到我,掏出一个他写的稿件让我给看看,提提修改意见,告别时,他说就要上杭州出差,我连忙让他在杭州帮我看看,有的话,为我代购一本《辞源》四。之后,他又特地跑来告诉我,此书杭州也没有卖。有些事真是错过就永远错过了。我多次冒出这个念头,让我在旧书摊上碰到《辞源》四,让我把这套书补齐吧,但一直没有如愿。

5. 《**哲学辞典**》。吉林人民出版社,1983年2月第一次印刷。

6. 《**政治经济学辞典**》上、中、下册。许涤新主编,人民出版社,1983年2月第2次印刷。

7. 《**成语辨析**》。中国社会科学出版社,1979年10月第1版,1980年第3次印刷。

8. 《**文化娱乐大全**》。浙江人民出版社,1984年6月第1次印刷。里面分"音乐知识""演戏常识""游艺""体育"等。

**9.《文娱体育活动全书》上、下册**。中国青年出版社,1982年12月第1次印刷。扉页盖着一个长方形的红色章:共青团温岭县委员会赠阅。

**10.《青年工作手册》**。中国青年出版社,1982年8月第1次印刷。一本很全面的共青团工作指南。

**11.《中国地图册》**。地图出版社,1981年12月第1次印刷。

至于前文《上班读〈新华字典〉》中的《新华字典》,在这个时期,确实是主要工具书,但因为不是在这个时期购买的,所以没有列入,而且这本字典也早已香消玉殒、无处可寻了。

# 我的"四部曲"

我的两个柜子里，堆满了发表了作品的样报、样刊，也包括一些资料。这天，整理时，在一个档案袋里，我发现了自己手写的几篇"早期"的手稿，仔细一瞧，还是春夏秋冬"四部曲"呢，在每篇文末署的时间竟然是农历年"庚申年"，我回忆和推测了一下，应该是写于1980年，于是在网上查了一下，这"庚申年"真的是公历1980年，那么，这些文字将近40年了。

从体裁上分，这四篇是否可以称为"散文"呢？之所以对"散文"用了引号，是因为这么称呼是抬举了自己这些文字。

1980年，我20岁，却是"工作"的第三年了。阅读当年的文字，尽管感觉肤浅和幼稚，但也不能离开时代背景，不能离开我这个具体的人。

这四篇文字其中三篇是写在一个硬面笔记本的内页上，但并

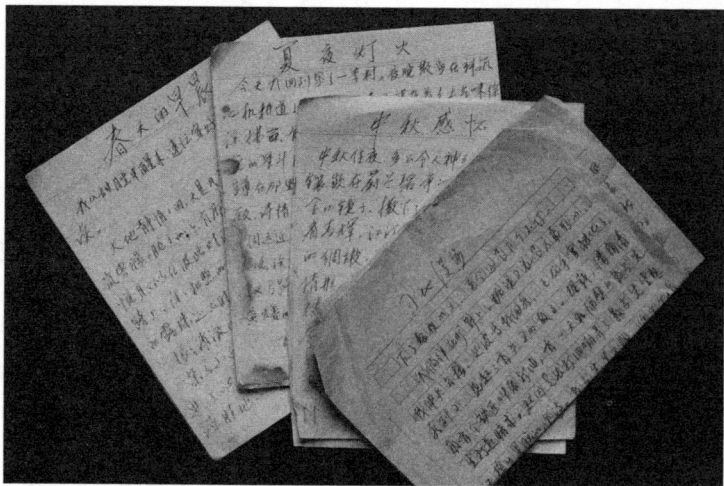

**《我的四部曲》手稿**

不是在整体笔记本上，而是写好后，撕下来，以篇为单位保存起来的。可见作为一个文学青年，还没有准备好，甚至连书写在方格纸这样的起码要求或者说是规范，也没有遵守或者说成为自己的行为习惯。署的是农历年，因为在宿舍的墙壁上我贴有一张日历画，可以找到"庚申"的字样，这些情景至今还记得。

我经历了那个学生不学习的特殊年代，课外书更别说了，就是能有一本"三突出"、反映"阶级斗争"的小说都是一种奢望，更别说是接触外国文学、古代文学之类的了。所以走出校门，我的知识很是苍白，成为没有知识的"知识青年"就去"支工"了，因此，能写出这样的"散文"就已不错了，在同类人中，肯定是"出类拔萃"了，但现在阅读这些文章后发现，其中也包含了好多新掌握的知识点，也说明我走上工作岗位这两年来，"就像饥饿的人扑在面包上"阅读，是"恶补"了一些知识的。比如，文中引用古今中外的诗句，打油诗的由来，法国路易十五撒糖取悦杜巴利夫人，就是雪是六角形的也是从杂志上读来的，就是对夸张、比喻的表达，也是因买了一本薄薄的《修辞》一书，从中抄来的，像其中的《雪地漫步》就是一些知识的罗列。

写好了这几篇，记得一直没有投过稿，可能因为当时发表的园地也少，现在设想，如果当时有县市报了，投出去会是怎样的结果；也没有寄给当时县文化馆办的《温岭文艺》，可能觉得自己写的东西主题不够鲜明，层次也不高，这几篇只是练练笔的，只为满足一个文艺青年倾吐的冲动。

还需要说明的是，这四篇，包括我首次发表的《芽萌集》，都是在那张床前橱上写的。

现在把这所谓的"四部曲"录成电子稿，并尽量保持原貌，也给予出版，只是为了保留20岁的痕迹。

## 春天的早晨

我从甜睡中醒来，连忙穿好衣服，去后山晨读。

大地静悄悄的，天是瓦蓝的，山岗上萦绕着岚雾朦朦胧胧的；只有那早起的鸟雀，传来了清脆悦耳又似在彼此对语的鸣啭。我走在山间小路上，阵阵和煦的东风扑面而来，两旁松树上的露珠还不时地掉到脑门上，使我精神为之一振；清澈的溪水从上而下哗哗地跑着，跳起一朵朵小白花，那声音是世上最美的音乐，流进了心田，让我似醉似梦，仿佛进入了桃花源胜地……天色渐渐地放明，景色一下子跳进我的眼里：那一大片一大片的黄澄澄的油菜花，一枝枝红艳艳的桃，火红的映山红，雪白的梨花，豆荚秆上一丛丛好似蝴蝶附吸在那里的豆荚花，铺天盖地带着露珠夹着各种小花的青草，绘上了色彩的石头、泥水……我的心跳了！春天的早晨多么的美啊！

春天！春天！迷人的春天！我的心花随之开放。春天，你是激动人心的春天，是五彩缤纷的春天，是我无限向往的春天。

春天也给我带来了无限的心思……

春天是经过冬天的。

严寒冷酷的冬天，刀割似的北风残忍地卷袭大地，想把一切有生命的东西斩绝。万物面临着一个严峻的考验。

大自然的万物是不死的。在冰霜下，小草默默地坚韧地把只剩下光秃秃的根茎深深地扎在泥土下，不屈地活着;桃树则开始孕育明年花朵的花芽;松柏在暴风雪里傲然屹立,坚韧不拔地向冬天挑战……它们坚信:"既然冬天来了,春天还会远吗!?"

是的,严酷的冬天来了,明媚的春天还会远吗?

真的,终于春天来了,春天真的来了,万物获得了新生、自由、茁壮成长,喜气洋洋。

壮丽的河山,没有辜负春天的期望吧?

倏地,我觉得脖子一阵凉。我从沉思中惊醒,抬头回顾,天上不知什么时候飘来了一层淡淡的云,下起小雨来了。雨点打在溪沟里,小水库里,起先是一个个小点,紧接着扩散成一个个圆圈,布满了水面,这个消失了,那个又添上了。这美景,把春天点缀得更加妖娆美好,真是画龙点睛、锦上添花了。

我忘情地在雨中站立着,似痴似醉,饱尝着美好的春天的甜味。

春天是属于我们的。

时代在前进,祖国在前进,经过了十年浩劫后的今天,人民向光明挺进,在我们面前展示了一个绚丽的大春天。我们要发奋学习,攀登高峰,驾驭时代的马车风驰电掣地前进,前程是多么的宽广、美丽。

春天！春天一定是属于我们的。

庚申春

## 夏夜灯火

今天我回到家乡——李村。夜晚，散步在新筑的机耕道上，沉闷后的东风夹杂着乡土气味徐徐拂面，有几分酒气往外溢；在明亮的星斗下，远处黑黝黝的山，像一只只巨兽蹲在那里，耳旁传来青蛙的鸣叫。我眺目四顾，诗情画意的景象扑入我眼帘——田野四周远近，无数点灯火在流动、交织。这灯火很容易使你联想起银幕上发达的西方国家的高速、交叉马路上的夜景。噢——这是少年在捉黄蟮的灯火——我醒悟过来。

正在这时，对面走来三个弓着腰的少年，一个提着竹箩，一个挑着灯——那是一块小木板上放着一盏普通的煤油灯，罩着玻璃罩，木板穿上两根铁丝，铁丝上端系着一根竹棒。他们握着竹棒挑着灯从稻禾上掠过，站住了，挑灯的少年一手拿过竹夹（这竹夹剪刀形，前截制成锯齿样的），往水里一伸一夹，一条黄蟮被拦腰夹住，提出水面，尽管黄蟮拼命地挣扎屈伸，还是被轻易地放进了竹箩。我趁着灯光一瞧，黄蟮已经把偌大的竹箩底盖严了。

放好黄蟮,他们又弓着腰向着田里一步一步地走去,那灯光一晃一晃的……

这些情景,不禁唤起了我对并不遥远的童年的回忆。

每到插下早稻,孩童们便从刚割了麦、斫了菜的土地里翻出蛐蟮,把蛐蟮穿进竹枝中。傍晚,孩童们吃了娘为他们早开的饭后,就呼朋唤侣,结伴地向田野里跑去,有的还摇着小船到三五里外的渭渚、河湾上,趁着天未黑,把竹枝插在田里。夜晚,黄蟮出来猎食——黄蟮是吃蛐蟮的,孩童们就挑着灯一根一根竹枝地觅过去。他们每晚巡回三次——头次是在天黑不久,二次是在"喇叭歇"(大约八九点),最后一次是在十多点钟。遇到运气好,一晚居然能获得三五斤。这晚丰收了,他们又开始了新的一晚。每天翻蛐蟮少不了被土地主人规劝、拦阻甚至咒骂,因为孩子们会把土地翻得洼洼沟沟的。可是孩子们永远也不会发愁没有蛐蟮,拿着锄头,这里不许到那里,"转战"南北。他们把每夜捉来的黄蟮养在缸里积蓄起来,等到集市日卖掉。卖得的钱缴学费、撕布做衣;懂事的主动把钱交给父母;有的被父母哄去买油买盐。可是,孩子们是永远愉快的,不管怎样,捉黄蟮的热情是永远也不会衰退的。到捉黄蟮的季节末,他们也会把剩余的黄蟮在家杀了吃,那随着饭勺、锅底的响声,喷香的气味弥漫在屋前宅后,全家都可美美吃上一餐。就在这个季节里,我放假回家——随父母在外,过惯了小院子生活——家乡是多么的有诱惑力、吸引力。家乡多么美啊,多么亲切,多么自由自在,天也仿佛特别的高、特别的蓝,水也显得特别的清澈、凉爽,何况家里还有慈爱的祖母的接待、体贴、关照。我也约个伴,加入了捉黄蟮的行列。虽然得益不多,可生活的乐趣,却乐得我久久不能入睡⋯⋯

走着,想着,我不觉走上一座桥头。坐在栏梁上,旁边水机房里的电灯光与天上的星光落在被风吹皱的水面上,白光光地映着影。这时,田野里的灯火似乎约定了的,一盏盏往村庄、水埠头移动。水机房的埠头来了四个提灯的少年。他们一边洗脚,淘着箩,把水泼得哗哗的,一边"你多""我多"地评论了起来,还不时传来爽爽的愉快的笑声⋯⋯

清凉的风吹来,使我感到有些凉意,该回家了,我一边想着,一边立起身往家里走去。

庚申夏

## 中秋感怀

中秋佳节,多么令人神往啊!一轮圆月镶嵌在蔚蓝碧净的天穹,犹如一面镀金的镜子,撒下皎洁的光辉:山峰映着青辉,江河的潋滟像一缎织着金丝的绸缎,婆娑的竹丛投下了摇曳的倩影,屋舍上像覆盖着一层霜,刚扬穗的晚稻上像披上一层轻纱;人们在屋前舍后设宴相庆,孩童们倚在母亲膝上欢笑,听牛郎织女、嫦娥吴刚的美妙故事,有人在田野中、大路上盘桓、徜徉,"对影成三人"。多么想、多么想高喊一声:"明月,大自然的精灵,我灵魂的寄托。"

可今天晚上,天空布满了乌云,飘着蒙蒙细雨。我的心还是在急剧地跳动,因为,我知道在乌云的上际有一个圆圆的明月,今天是庚申中秋啊。

啊!明月,你使我痴心,真诚地瞻慕,你洁白的光华,无私高尚,你把太阳馈赠的光辉慷慨地奉献给人世间,给人光明、欢乐,让人歌唱、神驰心往。在你的皎洁的光辉下,情人在叙说衷肠,慈爱的母亲在倚门盼儿归,文人得到了灵感,情思千里。

你千姿百态,使人倾倒。细细的,像美人的眉毛;弯弯的,像农家的镰刀;圆圆的,象征着人间的欢乐、美满。

明月,使我胸中浩荡,精神激奋。我不能再岁月磋砣、光阴荏苒了,再也不能只是惆怅、沉闷、忧伤、叹息而已了。"木受绳则直,金就砺则利",努力奋进吧!"登高而招,臂非加长也,而见者远。"

"千里之行,始于足下。"从今日起吧!待到圆月再升时,我一定是得到了欢欣。

庚申中秋

## 雪地漫步

下了整夜的雪,至今还是下个不停。

我徜徉在旷野上。据说雪花是六角形的,我伸手去接,还没有等我细看,雪花已经在手掌中融化了。看到雪,想起了有关雪的故事。据载,清朝有个铁匠叫张打油,有一天和隔壁的教书先生打起赌来,起因是张打油嘲弄教书先生整天摇头晃脑地作诗。教书先生不服,你这个出力的知什么诗,你作作看。这天,正好下着雪,张打油即兴吟道:"天地一笼统,中间一窟窿,黑狗身上白,白狗身上肿。"这下,教书先生白白输掉了一桌酒食。这以后,这种诗就形成了一种诗体,叫打油诗,直至今日。又说，古时一个教书先生对着飞雪，大发其感慨，吟道："天公下雪不下雨，雪到地里变成雨，变成雨来多麻烦，何不当初就下雨。"刚好，他的书童听见了，接着吟道："先生吃饭不吃粪，饭到肚里变成粪，变成粪来多麻烦，何不当初就吃粪。"这下，可使先生倒尽面子了。这个故事不知是否有案可稽，还是哪个人臆造出来的不得而知，但是这到底有些滑稽，耐人寻味。法国路易十五为了取悦杜巴利夫人，竟在庭院中铺满白糖，让夫人坐在雪橇上玩。唐诗："千山鸟飞绝，万径人踪灭。孤舟蓑笠翁，独钓寒江雪。"一个清苦的老人出现在我眼前。刘长卿的诗："日暮苍山远，天寒白屋贫。柴门闻犬吠，风雪夜归人。"至今，有的说作者的心情是喜悦的，有的说是烦躁的。反正作者入土一千年了，也不会分辩。"欲将轻骑逐，大雪满弓刀。"描述了古人保卫祖国疆土的艰苦生活。为求学，有人在"穷冬烈风，大雪深数尺"中行走，"足肤皲裂而不知"，使后人敬仰。描写雪的还有我国老一辈革命家，以革命家的胸怀，写下了气势磅礴的诗句："北国风光，千里冰封，万里雪飘……"陈毅写下了形象哲理的诗——"大雪压青松，青松挺且拔，要知松高洁，待到雪化时"。元朝剧作家关汉卿在《窦娥冤》里，当窦娥屈死后，酷热的六月竟下起了漫天大雪。鲁迅先生说，"燕山雪花大如席"是艺术上的夸张手法，如果说"广州雪花大如席"，就变成笑话。而我们这里既不是燕山，也不是广州，飘扬的雪花用什么来比拟呢？用花瓣、羽毛、蝴蝶恰当吗？大地白皑皑的像中秋的月色，也有的人把中秋的月色比喻成遍地的白雪。这就是比喻，什么叫比喻呢？就是两个不同的事物之间具有某种相似点，就用一个事物给另一个事物打比方。《神童诗》最后一句是"冬吟白雪诗"。还有"忽如一夜春风来，千树万树梨花开"这样脍炙人口的诗句。贵族少爷贾宝玉在冬夜即事里，有一句叫"扫将新雪及时烹"。当然，这是他以前的事，后来呢？别看雪是洁白的，以后也是会成污秽的，"在山泉水清，出山泉水浊"也是同样的道理。大雪下，田家言，瑞雪兆丰年，诗人得到了创作灵感，卖弄的趁机炫耀衣衫，贫困的忍饥号寒，乞讨的举头茫茫。"冬天来了，春天还会远吗？"这是自然规律，可是只有雪莱能写出这样的诗句。

雪就是雪。回头，只见留下一行深深的脚印。

庚申冬

# 当"团级干部"

作为一名文学青年,除了上班,就是钻进房间扑在书本上,沉浸在文学描写的世界里,抑制不住的激动和兴奋,现实中,又冷眼瞧世界,仿佛一切与己无关,自以为"高雅""渊博",摆出一副"孤傲""清高"的样子来。

"五讲四美三热爱"活动开始了,各单位纷纷上街设摊为民服务,比如,理发、修车、补脸盆……其中共青团一马当先。我厂团委书记张弘是一个亲切、随和的大哥式人物,这个时候,经常过来和我拉家常。不久,厂团委举办了一次轰动性的活动,一大批团员扛起团旗,拉上板车,载上扫帚、铁锹,来到县城主街道——人民路打扫卫生,清除垃圾,那场面可谓热闹和壮观。我第一次在大庭广众面前,热情卖力地全程参加了这次"做好事"活动,裂开的扫帚柄把我的手掌都夹出了血泡,但我体会到了劳动的快乐和集体的温暖。

团委书记在这次活动中发现了我的"出色表现",后来他说,我在这次活动中给他留下了深刻的印象。他接着发挥我能写的特长,交给我工作,我也融入了共青团这个大家庭中,随之,我担任了自己所在轮班团支部书记。

这下,我成为"当家人"了,发挥共青团是党的助手作用,开展适合青年特点的活动,忙碌又充实:组织郊游、开展劳动竞赛、参加义务劳动、举办联欢会和灯谜会、刊出黑板报……我尽心尽职,甚至做好每一个细节。比如,我们团员会议室有一张乒乓球桌,我们时常在这活动,特别是开会前,先到的团员就会边打球,边等人。

1981年,团义务劳动活动合影

一次定于白班下班后召开团员会议,我发现活动室里没有乒乓球了。我们工厂是三班制,实行交接班,早下班的和迟下班的,会相差十几分钟,为了不让早来的团员干等着,我独个儿打着伞,翻过一座小山岭,到了塔下村小店自己掏钱买来了一个乒乓球。

为了做好共青团工作,我们这帮团干部可谓热情高涨,有时候真的已经达到废寝忘食、夜以继日的地步。为了了解团员青年的思想状况,我们设计调查问卷,分发到团员、青年手中,再对收回的调查表进行统计;年底,厂里放假了,团干部带着日历画,分赴各个区镇,对团员、青年逐个进行"家访"……

我原来是一个"旁观者",与这个世界隔阂和冷漠,而当成为"当事人""在位者"后,不但心态发生了变化,而且看法也不一样了。一个"边缘人"就这样进入了"主流"。原来对于天气毫不关心,可谓一早醒来是什么就什么,现在可不一样了,明天要举办郊游,半夜都会起来跑到阳台,伸出手,试探一下,是否下雨了。

那段日子也是特别辛苦,大夜班下班后,我们还要忙这忙那的,又因为我这个人,上半夜又从来不睡觉的,这样,睡眠少,人也瘦得非常厉害,但那些日子又特别的快乐,我也十分珍惜那段日子。有人看到我们这帮团干部整天忙碌,戏称我们为"团级干部"。

就这样,我所在的团支部被评为先进团支部,我被评为"优秀团干部"。

# 团镇委来了新书记

在我即将接任厂团委书记时，城关镇团委也迎来了换届选举，那应该是1983年春夏交接的时节。

城关镇团委是我们厂团委的直接领导。当时有团区委书记与我说起，他还认为，我们县属企业是由团县委直接领导的，非也。话说10年后，县里推进党建改革，把县属企业的党组织管理由原来的县主管局划归城关镇委，专业名词叫"属地管理"，引起了企业的强烈反弹。总之感觉把我们县属企业划归城关镇是委屈了，有点"低就""矮化"的意思。县里反复说明、强调，党组织划归城关镇后，城关镇委只管党建这一块，不涉及生产、经营、管理等方面。当然，事实证明，县属企业党组织划归城关镇委管理也没有什么问题。所以，改革首先得从习惯思维改起，"县"里的企业由"镇"里来领导，也是可以的。当然，时至今日，原来那些县属的国有企业都已经消亡了。

之所以这么啰嗦了一下，把10年后的事提上来叙述，是要说明我们县属企业的团组织比党组织早走了一步，早已"属地"了。但接下去所要说的事是，尽管县属企业的团组织已经开始"属地管理"了，但那点优越、高昂的心态还是存在的。

在团镇委即将举行代表大会时，我的身边传递着一个村里的农民来当书记的消息，同样引起了我们的抵触和反弹。凭什么啊，一个村里的农民怎么能来给我们当书记了，来领导我们堂堂的县属企业，特别是我们国营工厂呢？像现任的团镇委书记就是堂堂的国家正式干部啊。而且关键的是，在此之前的所有团会议、团活动中，根本没出现过他，就是说，他没有干过团工作，与团工作不沾边，这太突然，太不可思议了！这股情绪在一部分团干部心中蔓延。

后来知道，他也确实是城关镇所辖一个村里的人，但已是城关镇下属一个管理区的招聘干部，任文化员，当时可能是有人有意无意地误传、偏传。事至今日，才知道他当团镇委书记的缘由。当时镇委负责人来到管理区检查工作，这个文化员汇报自己驻村的计划生育工作，条理分明、细致到位、内容实在，让负责人觉得这个小后生不但有水平，而且工作扎实肯干。对于团镇委书记的人选，在团代会召开的前夜，这位书记最后拍板，就他了。从现在来看，这有点"人治"的味道,缺少"程序",但在那个年代,简单是简单了点,但提拔干部是出于公心的。连当事人都说,这个来得突然,他也没有什么思想准备。更别说是请客送礼了,那个时候家里也只有几块番薯。

镇团代会召开了,他还是幸运地当选了,当然得票也是不高的。然后,这个没做过团工作的团委书记把城关镇的团工作做得风生水起、有声有色,把一些团干部的不解、疑惑甚至是抗拒冲得一干二净,团干部纷纷聚合在他的麾下,南征北战,这也验证了当初这位镇委负责人没有看走眼。

团镇委换届之后,我厂也换届了,我当选为团委书记。他对我厂的团工作肯定是重视的,对我这个厂团委书记也是倚重的,时常骑着自行车来我厂找我,了解情况,指导工作。那个夏日的黄昏,我迎着落日,骑着自行车去县城,在北山路段,碰到他骑着自行车迎面而来,原来当晚县里在灯光球场举办"青春美"交谊舞比赛,他拿到两张入场券,来找我一起去。他手下有几十位"书记",偏偏来找我这个"书记",还是住得最偏远的,现在想想都激动和感动。当晚这个盛大活动我是知道的,但我没有入场券,也没有赶这个热闹的打算,但他来了,有票在手,邀请我一起去,我当然很高兴。他马上调头,与我一起往灯光球场骑去。我们坐在石板铺成的阶梯座位上,在强烈的灯光下,一支又一支的舞蹈队上场表演,虽然我不懂舞蹈，但在优美的音乐中，观看着美女腰肢袅袅、裙裾飘飘，也别有一番风味。

不说他如何轰轰烈烈地开展共青团工作，也不是说他取得多少的工作业绩，此篇还是要回到我这个文学青年身上来。我在《浙江工人报》发表了散文诗，屁颠屁颠地跑到他家，掏出报纸送上，他端详着，嘴里发出"啧啧啧"的感慨，似乎是发现了天外来客，惊讶乃至仰慕溢于言表。我内心喜滋滋的，见识到我们工人作者的文采了吧。

约一年后，县文联举行了首次代表大会，其中有分协会活动，在文学协会讨论的会议室，县文化馆副馆长、文学协会召集人梁辉面对着我，好像自言自语地，又好像对着我沉吟一声，怎么把他给忘记了？应该是梁辉看到过我时常与他在一起，所以这么说，这句话的意思是文代会怎么没把他列上呢，有点自责的意思。可我一愣，怎么说到他了？文代会与他有什么关系呢？接着，我终于在几个月前刊出的《大潮汛》集子上，看到他的散文《水乡的夏夜》，这是团县委和县文化馆联合举办庆祝中华人民共和国成立三十五周年征文的作品选编。县里出一本文学集子，在当时，对于我们文学青年来说是件大事，我肯定拥有这本书，可我怎么就没发现这个署名呢？原来这个"农民"是个"同道之人"，也是个"文学青年"，真是深藏不露啊。

我是他的"手下人",时常骑着自行车去城关镇找他,登上这幢办公楼的最高层——四楼,走进对着楼梯的一间十几平方米的办公室里,或为工作,或就是随意聊聊。晚上,有时候我去他办公室,他或弓着身子,挥动毛笔,为城关镇书写各类标语,也算是肯干多贡献;或捧着书读,我在读电大,他参加的却是比电大淘汰率还要高的高等教育自学考试,竟一门一门地"啃"下来了。

在担任城关镇两届团委书记后,他竟然连跳数级,升任团台州地委副书记。这次他走的不是"慧眼识英才"之路,在台州地区第一次公开选拔县处级干部中凭实力过关斩将,笑到最后。

他就是周春梅。

1984年,我和周春梅(右)、马文来(左)的合照

时至今日,我说,你一个当初写写标语的人,竟然成为中国书法家协会会员,还成为台州市书法家协会的艺术顾问。

我说,一个当初对着我发表在《浙江工人报》上的散文诗,发出"啧啧啧"惊叹声的人,在繁忙的行政工作之余,似乎就在不经意间,竟然出版了《台州存照》《行走在生命的脉络上》《我舞影零乱》《可以清心也》四部散文集。

我说,我这个算是专业的人,好像整天在埋头苦干,也写不过你啊。他的每一部书的写作意图的形成和写作过程,我都知晓,有时候也就说上几句,我的名字却都忝列在他各本书的后记中,很是惭愧和诚惶诚恐。

我们有数年的上下级关系,现在猛一回首,我们本质上维持得长久的,原来是文友关系。

# 参观"五小"成果展览

1984年春夏之交的一天早上，团县委干部牟敦义带着我们五六位县属骨干企业的团组织负责人，乘上了开往杭州的公共汽车。此行的目的是参观全国"五小"成果展览。

"五小"是指小发明、小创造、小革新、小设计、小建议，是20世纪80年代共青团中央发起的在企业团组织和青年中开展的生产竞赛，又称"五小活动"。这次成果应该是全国巡回展出到了杭州，团省委发通知要求各团县委组织企业团干部前往参观学习。这可是美差。当我接到团县委的电话后，马上向厂领导汇报，领导也批复了。我任团委书记，又是在办公室工作，这是便利条件。这次去的，并不一定是书记，因为书记可能有事走不了，于是另派人参加，但总之去的都是团组织的负责人，有县花边厂的马文来，县制药厂的赵小荣，赵小荣应该是这次出行中唯一的女性。还有来自县汽车配件厂、县酿造厂、县通用厂等团干部。

薄暮时分,我们到达杭州汽车站,住进了文二路的浙江省团校。

第二天,我们出来寻找公交站点,去杭州市青少年宫参观"五小"成果展。五月金黄的阳光洒下来,团校门前这条叫作文二路的马路,是条沙石路,马路两旁是裸露的水沟,旁边就是省供销学校,这里是高校区,也是城市的边缘。

杭州市青少年宫就在西湖边,具体观看了什么成果已经记不清了,但当时参观的情景,还是清晰的,一个个玻璃橱窗里陈列着展品,我们依次走过。参观展览用了不多时间,出来后,我们漫步在西湖边,看到了一块块木板上张贴着的花花绿绿的文字和照片,那是招徕旅游的广告。我们商量后,选择了桐庐的瑶琳仙境一日游。那个时候瑶琳仙境名气可大了。

瑶琳仙境是个洞穴,千百年来形成各种状态的钟乳石景,在彩色灯光的照射下,隐隐约约的,还有水汽弥漫,我们就一路跟人走着,从一头进去,到另一头出来,在洞中,我们还分别拍照留念,拍照的商家根据我们留的地址,把照片给我们寄到厂里。

游览了瑶琳仙境后,旅游车又把我们拉到富春江畔,应该是严子陵钓台景点,岸边古木森森,江中碧水淼淼,望之心旷神怡,发幽情而思古。有一位老太太坐在一旁,在一张小桌上摆放一种叫"烘桶饼"的饼叫卖。

晚上，团县委干部牟敦义说要去省委党校找一个人，离团校不远的。于是，我们几个也跟着去了，走在春色弥漫的杭城近乎乡下的路上，有柳丝飘拂、翠叶入目。牟敦义年长我们几岁，而且结婚了，在路上，这个文文静静的牟敦义轻声细语地给我们讲了一个傻囡的故事，我们都笑了，他还是一脸正经。快到党校时，牟敦义说，进党校了，我们要注意形象。于是，我们整整风纪扣，拉拉衣襟。在省委党校门口，印象深刻的是绿藤爬满墙头。可进去，牟敦义没有找到要找的人，我们只有回来了。

我们几个住的房间，是高低铺。夜晚，我们躺在床上聊天，聊得兴致勃勃，可接着，县汽配厂的和县通用厂的开始说起什么机械加工，车床啦，尺寸啦……我就没了兴致，躺在上铺的县花边厂的马文来见我没了声音，喊着：李剑峰，李剑峰……此时，躺在下铺的我已睡意蒙眬。马文来接着"呵呵"地笑了：李剑峰对这个没兴趣。尽管我们是这次出来才认识的，但他已经了解我了，真是知己啊，于是，我就睡着了。

这次，我还去了新华书店，除为自己购买了《戴望舒诗选》等外，我还购买了包括外国教育书籍《爱的教育》在内的几本书，各为5本，带回去，团委成员每人一本，我为什么要买这一本书呢，大概是认为我们做共青团工作同样需要爱心和耐心。

这次杭州之行，是担任团干部走得最远的一次活动。

# 第一届青春诗会

这个三月，我坐在家里的阳台上，翻阅着《诗刊》，春天的阳光照耀在我身上，也在我眼前闪耀。

这本杂志为1980年第10期，阅读着这一行行文字，我仿佛又回到了38年前。

38年前的秋天，我在山窝窝的厂宿舍里，坐在床头，翻阅着这本杂志。床头靠着窗口，窗外是走廊，秋天的阳光也透过窗口，落在杂志上。

这一期《诗刊》杂志上，第一个栏目是新设的、特有的，叫《青春诗会》，让我如饮甘饴、大饱眼福、莫名兴奋、莫名满足。

这个栏目的"前言"或"编者按"介绍：诗刊社邀请了17位青年诗作者，举办了为期30天的"创作学习会"后，集中选登他们的作品。注意，当时只是称他们为"诗作者"，大概离"诗人"还有一定的距离,暂时还称不上。这 17 位诗作者是近两年加入诗歌队伍的"新兵",大多在 30 岁以下,有工人、农民、干部和大学生,所以把这次活动称为"青春的聚会,诗的聚会"。

在《青春诗会》的栏目中,17 位诗作者依次登场,每人刊登一组诗歌,在诗歌之前,每人还有数百字的"创作谈""写诗感悟"之类的,以便让读者对作者有更进一步的了解。

梁小斌发表了三首诗,一首叫《雪白的墙》,如今我还记得清晰。


妈妈,

我看见了雪白的墙。

早晨,我上街去买蜡笔,

看见一位工人

费了很大的力气,

在为长长的围墙粉刷。


他回头向我微笑,

他叫我

去告诉所有的小朋友:

以后不要在这墙上乱画。

……

这看似浅显的诗句,其实有着深刻的背景和内涵。

"文革"过来的人都知道,墙壁曾经成为布满风暴的"战场",大字报、大幅标语随时会贴出,任何人可挂出,没有根据地诬陷、攻击,公开地造谣、辱骂,公民的人身和名誉得不到保障。这首诗以一个小孩子之口,道出了平和的社会终于来到,道出了保护洁白墙壁的向往和呼声。

而《中国,我的钥匙丢了》,表达了"文革"对社会的摧残;《我的月票》则喊出了对未来的热情和自信。

叶延滨在《干妈》的六首诗里,记叙当年插队时农村干妈对他的关照和爱护,表达了自己对干妈的深深感激之情。

朦胧派代表人物顾城发表了《小诗六

1980年10月的《诗刊》杂志

首》，说是小诗，确实小，这6首，只占了1页。标题上，现在还留有我当初写的两个字：晦涩。最为"明了"，也最为著名的，大概是这首《远和近》。


你，

一会看我

一会看云。


我觉得

你看我时很远，

我看云时很近。


这首诗应该是产生了一定影响，并长时间引发评论。有人说这是废话，不知所云；有人则将它提高到哲学的高度，说这首诗辩证地论述了人与人、人与自然之间的远和近的关系，表达了"文革"对人的心灵造成的隔阂感。

而同为朦胧诗代表作者的舒婷，这次《诗三首》则写得很"实在"，充满感情和力量。其中一首是"纪念'渤海2号'钻井船遇难的七十二名同志"的《暴风过去之后》，另外两首是《土地情诗》《赠别》。

唯一来自农村的是一名叫才树莲的 20 岁女孩,她是辽宁人。她富有乡村趣味的诗句,简洁明了,留给我长久的记忆。

> 我爱村中树,
>
> ——千回培新土;
>
> 我爱村中堤,
>
> ——百回来加固;
>
> 我爱村后山,
>
> ——山根有我石瓦屋。
>
> ……

除了诗歌,这期杂志同时刊登了在这次诗会上课的发言稿,有艾青的《与青年诗人谈诗》,有冯牧的《门外诗谈》,还有这次诗会的"侧记",说是"侧记",其实是正面的很详细的报道,还有一组是有关朦胧诗的讨论稿。这期杂志不是"青春诗会"的专号,但占了大部分篇幅,在全本杂志的 64 页中,占了 53 页。

这期"青春诗会"对于中国整个诗坛产生了重大影响,对我这个诗歌读者,对我这个文学青年,具有极大的震撼力和冲击力,让我深受鼓舞。从时间上推算,也就是这个时候,我的诗歌"处女作"《芽萌集》在县文化馆的《温岭文艺》刊登了。当初,我对诗歌投入了巨大的热情,但从我文学创作的历程来看,其实我对写诗是最没有感觉的,在所有文体写作上,表现得最没出息的是诗歌,当然,并不是说我在其他文体上写得如何的好。

这次诗会开始放在北京举行,听课,讨论,写诗,改稿,临近结束时,还组织游览了颐和园和十三陵,最后五

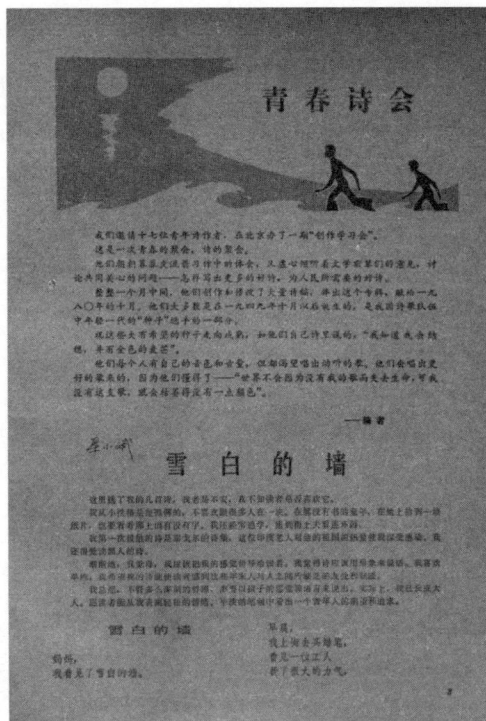

引起全国关注的"青春诗会"

天,又把队伍拉到北戴河。新时期"青春诗会"打响了第一炮,开始了她的旅程。这17位参加青春诗会的作者都应该被记住,他们是梁小斌、张学梦、叶延滨、舒婷、才树莲、江河、杨牧、徐晓鹤、梅绍静、高伐林、徐敬亚、陈所巨、顾城、徐国静、王小妮、孙武军、常荣。至今,他们大部分还在写诗,并已成为中国诗坛的"大佬",其中,叶延滨已从当年的作者,曾任《诗刊》主编。

青春诗会就这么坚持办了下来,基本上一年一届,38年共举办

33届(至2017年),在我写稿时,2018年第34届青春诗会正在征集稿件中。在中国文坛,也产生了一个"奇怪"的现象,凡参加过青春诗会的诗人,在自己的简介中,都会有一句"参加过第××届青春诗会"。这个所谓的青春诗会,不就是一个诗歌改稿会、诗歌作品加工会之类的吗?再加一些观光、旅游和交流,而且还有年龄限制呢。之所以诗人这么看重这个青春诗会,是因为参加诗会的高要求、高门槛(每次全国只选拔十几人参加),还有诗会的高品格、高质量和高收获吧。

但是,我认为,诗刊社在举办这期青春诗会时,也绝对没有想到往后青春诗会成为一个响当当的品牌,甚至没有继续举办的打算。因为,在这期《诗刊》杂志上,栏目名就叫《青春诗会》,包括老诗人的授课内容,报道中的称谓,都没有提到这是"第一届"或"首届",这个"第一届"是以后"追授"上去的。

# 程琳的歌：
# 《小螺号》《童年》《熊猫咪咪》

　　在拥有8080收录机后，我曾经有一盒东方歌舞团演唱的磁带。有收录机就是好，可以反复播放自己喜欢的东西，不像在广播里、电视上，一下子就过去了，无法找回。这盒磁带中收录着一个叫牟炫甫的歌手唱的几首歌，柔美、抒情，同时，在磁带盒里夹着一张硬硬的曲目单，上面印有歌手的头像，我也由此认识了牟炫甫。于是，我有了自己的心得体会：这个牟炫甫长得不咋样，歌唱得那是真好听！牟炫甫在这里只是一个"花絮"，因为他唱的是什么歌我都忘记了，我要写的是程琳。

　　程琳在这盒磁带里唱的一首歌叫《小螺号》，明快的旋律，童稚的歌声，那叫一个明亮、纯净，感觉听到这个歌声，整个内心和整个世界都变得明亮、纯净起来了。

《小螺号》的歌词简洁明了、通俗易懂,通过拟人手法和句式的排比反复,一个小女孩盼望出海父亲归来的画面,就生动地展现在眼前了:

小螺号滴滴滴吹,

海鸥听了展翅飞。

小螺号滴滴滴吹,

浪花听了笑微微。

小螺号滴滴滴吹,

声声唤船归喽。

小螺号滴滴滴吹,

阿爸听了快快回……

如果说,《小螺号》是"过去时",我们只能在磁带上听到,那程琳的《童年》则是"进行时"了,在当时的电视上时常出现,当然随之不久也有磁带上市了。《童年》来自中国台湾,同一时期风靡大陆的台湾歌曲还有《外婆的澎湖湾》。无论是《童年》还是《外婆的澎湖湾》的流行,都说明不管哪一件艺术作品,首先是好听、好看,这是外形,然后人们才会去考察其手法、意义、内涵等,当然手法、意义、内涵等也会通过反作用,让其更好听、好看。

欢快的节奏，朗朗上口的歌词，由程琳甜美纯净的嗓子唱出来，让听众沉醉其中。当歌声响起：

> 池塘边的榕树上，
>
> 知了在声声叫着夏天。
>
> 操场边的秋千上，
>
> 只有蝴蝶停在上面。
>
> 黑板上老师的粉笔，
>
> 还在拼命叽叽喳喳写个不停。
>
> 等待着下课，
>
> 等待着放学，
>
> 等待游戏的童年……

受传统教育的我，触动最大的是这首歌没有常规的"歌颂什么""批判什么"，而只是呈现了一种"状态"，呈现出童年那种慵懒、懵懂和向往长大的"状态"，还有那种对世界的好奇和探究，如"没有人知道为什么，太阳总下到山的那一边；没有人能够告诉我，山里面有没有住着神仙"。此外，还有那么一点点的上进，之所以称为一点点，不是正面写我要如何发奋学习，而是"老师说寸金难买寸光阴"，说得非常有"技巧"。因此，整体写的生活"状态"无所谓

"好"，也无法判断"坏"，当时只觉得好玩、有趣。许多年后的今天，收听这首歌，才会有深深的感触和理解，那些看似最原始的，其实最是包含了生活本质，也是最人性的，而且是容量最大的，甚至是最苍凉的。

听这首歌的时候，我已经二十二三岁了，当时也听说程琳只有十六七岁。根据现有的资料，证实当时的推测和传闻是真实的。程琳11岁考入海政歌舞团，担任二胡独奏。12岁获得全军汇演一等奖，13岁以一曲《小螺号》走红……

1984年，由侯德健作词、作曲，程琳演唱的《熊猫咪咪》，则有着鲜明的主题了。在此之前，人们对于熊猫的印象也就是动物，最多是珍贵动物而已。而一曲《熊猫咪咪》的热唱，则把熊猫作为一个"严重的问题"摆放在国人面前。

箭竹是大熊猫喜爱的一类食物，当时，大熊猫栖息地四川出现了箭竹大面积开花现象，而箭竹开花后会成片枯死，那熊猫就要断食了；而熊猫趋于不能自然繁殖状态，这严重威胁到熊猫这个物种的延续。

《熊猫咪咪》唤醒了我们爱护"国宝"、保护"国宝"的意识，各地纷纷举办活动，在《熊猫咪咪》的歌声中纷纷捐款。《熊猫咪咪》是一曲动人的"爱的奉献"。

书本里呈现不了音乐，但我们不妨面对着歌词，从那个年代过

来的人,都会哼起来:

竹子开花啰喂,

咪咪躺在妈妈的怀里数星星。

星星呀星星多美丽,

明天的早餐在哪里?

咪咪呀咪咪请你相信,

我们没有忘记你。

高高的月儿天上挂,

明天的早餐在我心底。

请让我来帮助你,

就像帮助我自己。

请让我去关心你,

就像关心我们自己,

这世界会变得

更美丽⋯⋯

# 八十年代初的流行歌曲

那些流行歌曲，大多与电影、电视相关。

20世纪70年代末，电影还处于"伤痕文学"中，悲悲切切，余音袅袅，《神圣的使命》《泪痕》两部电影的插曲，在内容上引起人们心灵的共鸣，在唱法上有了新的突破，不同于以往的喊、硬、直等特点，从细腻的情感入手，歌声柔和抒情。1979年的《泪痕》，讲述的是李仁堂扮演的朱克实走马上任"文革"重灾区县委书记，进行了一系列的拨乱反正，平反冤案，其中插曲《心中的玫瑰》表现的是原县委书记的妻子对被陷害致死的丈夫的怀念。"在我心灵的深处，开着一朵玫瑰，我用生命的泉水，把她灌溉栽培……"把玫瑰比喻为爱情，这是古今中外文学惯用的手法，但"文革"期间，这些都被当作"封资修"的东西进行批判，销声匿迹了，现在又是那么大胆地公开唱出了"爱情之歌"，对于我们来说，是比较新鲜的。

同样于 1979 年上映的电影《神圣的使命》，改编自王亚平的同名小说，这是第一批伤痕文学中的一篇，并获 1978 年全国优秀短篇小说奖，而这篇伤痕文学有别于其他伤痕文学，属于公安题材——"破案"的。其他伤痕文学侧重于情感，而这篇侧重于强大的情节，只是说侧重或者说是突出，当然也是有情感的。电影说的是"四人帮"被打倒的前夕，即"文革"后期，随着大批老干部落实政策，王公伯也从"牛棚"中被解放出来，参与到一件陈年疑案的侦破中，但碰到很大的阻力。插曲《心上人啊快给我力量》，从"情切切，意惶惶，泪眼盼春光。人相对，心隔墙，无言话衷肠……"到期盼着"心上人啊，快给我力量，破迷雾，化冰霜，雨过花红，云开月朗，有情人情更长"。

但一进入 20 世纪 80 年代，新气象、新格调就扑面而来，赞美新生活，畅想美好未来。

《太阳岛上》这首歌，你还记得吗？

"明媚的夏日里天空多么晴朗，美丽的太阳岛多么令人神往……"当轻快的乐曲响起，柔软甜润的女子歌声飘起来，定会唤起你的记忆，让你犹如回到了那个青春岁月。

而这首歌其实只是中央电视台拍摄的纪录片《哈尔滨的夏天》的插曲，由郑绪岚演唱。一首纪录片的插曲能引起广泛的传唱，原因何在？在于抒情，那个年代，特别是之前，作为宣传功能的片子，包括歌曲，当然得字正腔圆、情绪高扬，甚至高亢有力，而《太阳岛上》无论是曲调还是唱腔都非常优美抒情。我们以现在的眼光来看歌词，不见得有多么的高超，还是停留在场面的直观描写，"带着垂钓的鱼竿，带着露营的篷帐。""小伙们背上六弦琴，姑娘们换好了游泳装，猎手们忘不了心爱的猎枪。"但是，在当时，这是一种新生活，以前的民众没有能力过这种休闲的生活，甚至会把它当作资产阶级生活方式进行批判。现在，它被作为美好的事物、美好的生活给予呈现，给予歌颂。还有一点是不忘连声喊着"努力、加油"："幸福的生活靠劳动创造，幸福的花儿靠汗水浇。朋友们献出你智慧和力量，明天会更美好。"我们听到这首歌，就会被感染，我们的心就会跟着飞翔。郑绪岚还在1983年中央电视台春节联欢晚会上演唱了这首歌，这也是第一届中央电视台春节联欢晚会。一个小会议室里，摆放着几张桌子，大家围坐着，有几部热线电话，接受全国人民点歌。当郑绪岚刚演唱完毕一首歌鞠躬时，主持人姜昆拿着一叠纸条，笑嘻嘻地边翻看，边念着：什么单位的某某某，什么单位的某某同志，还有哪个单位、哪个单位，点播你唱《太阳岛上》。现场掌声响起，长发披肩、穿着粉红色高领毛线衫的大姑娘郑绪岚脸上则笑成一朵花。

还有一首《浪花里飞出欢乐的歌》，竟然也出自纪录片《哈尔滨的夏天》；一部纪录片，竟有两首歌曲走红，成为流行歌曲，这也是让人惊叹了。《浪花里飞出欢乐的歌》的演唱者则是中年男子关贵敏。从歌词创作来说，我认为光是首句"松花江水波连波，浪花里飞出欢乐的歌"就比前一首高明。《太阳岛上》《浪花里飞出欢乐的歌》的歌声时常在我居住的山坳里飘扬着。

　　如果说《太阳岛上》《浪花里飞出欢乐的歌》落笔于当下，那么《年轻的朋友来相会》则着眼于未来。《年轻的朋友来相会》由朱逢博演唱，开篇为新时代欢呼，相聚于春光里，"年轻的朋友们，今天来相会，荡起小船儿，暖风轻轻吹。花儿香，鸟儿鸣，春光惹人醉，欢歌笑语绕着彩云飞"。这首歌侧重展望美好的未来。听："再过二十年，我们重相会，伟大的祖国该有多么美！天也新，地也新，春光更明媚，城市乡村处处增光辉。啊，亲爱的朋友们，创造的奇迹要靠谁，要靠我，要靠你，要靠我们八十年代的新一辈！"因此，"但愿到那时，我们再相会，举杯赞英雄，光荣属于谁，为祖国，为四化，流过多少汗？回首往事心中可有愧？啊，亲爱的朋友们，愿我们自豪地举起杯，挺胸膛，笑扬眉，光荣属于八十年代的新一辈！"除了歌词朗朗上口，而且旋律优美、明快，富有节奏感，充满活力，新一代对祖国饱含热爱、发奋努力的形象闪现在我们眼前。我们唱着，意气风发，就像歌唱着自己，歌唱着身边的你和他，把自己都唱得激动起来，豪情万丈。

　　而下面两首歌曲，则没有这么幸运，或者说好事多磨。

"你的身影,你的歌声,永远印在我的心中。昨天虽已消逝,分别难相逢,怎能忘记你的一片深情……"歌声袅袅传来,你听到了吗? 对,是《乡恋》,李谷一演唱的《乡恋》。

这首歌是电视风光片的插曲,来自1979年12月31日,也就是这一年的最后一天,中央电视台播放的风光片《山峡传说》,《乡恋》随之进入人们的视野,1980年2月,这首歌还上了北京广播电台的《每周一歌》,产生了很大的影响,但并不是说这首歌就能登堂入室,成为座上嘉宾。

有关报刊发表文章,对此进行指责和批判。问题首先出在"唱法"上,这个我也不专业,说不大明白,反正与以往的传统唱法不一样,说得好听一点,是创新、探索,说得难听一点,是背祖离宗、大逆不道。还有在歌词上,你说,这首歌宣传三峡什么了,分明是男女在谈恋爱唱情歌嘛,而且还不积极健康,情绪低落,萎靡,甚至将它批判为靡靡之音,黄色小调,属于资产阶级腐化堕落思想,而革命歌曲历来是高扬的、豪迈的。

而海政文工团苏小明演唱的《军港之夜》,同样遭受了非议,说它没有革命气势,格调不高等。"军港的夜啊静悄悄,海浪把战舰轻轻地摇,年轻的水兵头枕着波涛,睡梦中露出甜美的微笑。"你看,"战舰轻轻地摇",这不是国防松懈吗? 年轻的水兵竟然睡着了,警惕性到哪里去了? 谁来保卫国家?

　　但是青山遮不住，毕竟东流去。《乡恋》同样登上了 1983 年中央电视台春节联欢晚会，李谷一也以甜美的歌声影响了一代人；苏小明唱红了《军港之夜》，《军港之夜》也成就了苏小明，从此人们都记住了乐坛有个苏小明。

　　低沉、缓慢，如诉似泣："谁知道角落这个地方，爱情已将它久久遗忘。当年它曾在村边，徘徊，徘徊，为什么从此音容渺茫……"这个旋律、这个歌声，好多人一直到如今都熟悉，会不知不觉地跟着吟唱起来，也会想起这是电影《被爱情遗忘的角落》的插曲，但并不一定能想起这首歌名叫什么。告诉你吧，叫《角落之歌》。这电影我观看过，这首歌我也跟着吟唱过，但我最早接触的是同名小说。小说《被爱情遗忘的角落》发表在 1980 年第 1 期的《上海文学》杂志上，作者为张弦，我是第一时间阅读到的，因为我订有该杂志。简单地说，小说表达了姐妹俩在爱情上的不同命运，或者说姐姐是铺垫，妹妹是重点。在那个封闭的年代，姐姐与同村男青年产生了原始的爱情，被人"捉奸"，姐姐投河而死，那个男青年入狱。妹妹因此苦闷、彷徨，直到迎来"三中全会"召开，妹妹接受爱情，走向明天。小说一发表就引起轰动，1981 年 9 月就被改编为电影上映，可谓速度快哉。《角落之歌》也迅速在全国传唱开了。

　　你听过只有一句词的歌吗？我听过，而且一直记得，并由此琢磨和思考创作的有关问题。这首歌叫《诚实的眼睛》，是电影《苦恼人的笑》的主题歌。电影《苦恼人的笑》讲的是在文化专制的年代里，一个记者不想说谎话、又说不了真话的苦恼，而这《诚实的眼睛》的歌词就是这么一句"望着我，望着我，你那诚实的眼睛"，反复吟唱。就是这么一句话的歌，深深地打动着我，我朋友家有台电唱机，自己做的一个音箱，类似于床前橱的样子，放的是唱片，我到他家，就时常放上这张有着《诚实的眼睛》的唱片播放。一首歌就是这么一句话，是否让有些人觉得文艺创作很容易啊，随便抓来一句，就是一个作品了？我推想，这位词作者，在创作这首歌时，一定是写了好多好多的，不行，划掉，重来，作废，再创作，绞尽脑汁，挖空心思，夜不成寐……后来，忽地大脑洞开，就这句了。这一句是经过无数的劳动获得的，并非信手拈来，就如欧阳修创作《醉翁亭记》，开头写了很多，也不知道修改了多少次，最后来了一句干脆利索的"环滁皆山也"。

《酒干倘卖无》是1983年香港电影《搭错车》的主题歌。《搭错车》是否看过，我已经记不得了，留在脑子里似有似无的印象，但《酒干倘卖无》我却一直记得，时常播放收听。因这首歌不但节奏感强，而且饱含感情。《搭错车》叙述的是一位中国台湾退伍老兵哑叔养育弃婴成人的感人故事，这首歌是养女对老人的深情倾诉，"酒干倘卖无"是闽南语"有空酒瓶要卖吗"的意思。每一次听到苏芮的演唱，都是不一般的感动："酒干倘卖无……多么熟悉的声音，陪我多少年风和雨,从来不需要想起,永远也不会忘记。假如你不曾养育我,给我温暖的生活,假如你不曾保护我,我的命运将会是什么……"

1984年中央电视台春节联欢晚会上,一个个子矮小、身材单薄的小伙子,引爆了中国乐坛,他演唱的两首歌在神州上空飘荡。1984年春晚,也是第二届春晚,肯定比第一届有了进步,起码场地宽广了,有舞美设计了,有飞旋的灯光了,之前对于大陆人来说完全陌生的一位名叫张明敏的年轻人,首先演唱了一首《我的中国心》:"河山只在我梦萦,祖国已多年未亲近。可是不管怎样也改变不了,我的中国心……"有趣的是,为了表现"洋装虽然穿在身,我心依然是中国心"的歌词,依照节目主持人姜昆所说:"张明敏平时演唱是穿中山装的,唱这首歌穿的是西装……"就是利用姜昆这么一分多钟的串词,张明敏下场换了套中山装重新上来,演唱了《垄上行》。这情景便一下子从穿着洋装、生活在斑驳陆离的香港,回到了穿着中山装,进入空旷的大地,走在田野上了:"我从垄上走过,垄上一片秋色。枝头树叶金黄,风来声瑟瑟,仿佛为季节讴歌……"

# 那些年的喜剧电影

走进县大会堂，享受那段快乐的时光，感受电影艺术的魅力。那些年，喜剧电影也来了，这是一个重要标志，表明电影不仅仅只是一种板起脸来教育人的工具，而首先要让观众感觉好笑、愉悦，当然还得让观众在开心中得到教育，感悟到道理。

首先我们看到的是《满意不满意》，还是黑白片。这是1963年拍摄的电影，当然，在"文革"中与大部分文艺作品一样，被"关禁闭"了，现在打倒了"四人帮"，它从"落满灰尘的仓库"中解放出来了。

这是根据苏州市滑稽剧团同名滑稽戏改编的，因此具有苏州特征和滑稽戏的特点，这部电影里的扮演者也应该大多是滑稽剧团的演员。影片讲的是一个叫得月楼的饭馆里，一个叫杨友生的5号服务员，嫌弃这份"服侍人"的工作，感觉自己低人一等，上班吊儿郎当，还与顾客吵架，最后经过一番事情，他终于明白了，新社会只有分工不同，都是为人民服务。一部成功的电影，包括其他文艺作品，要讲好一个故事很重要，但往往随着时间的推移，观众或读者往往大部分忘记了情节，只记住了一些细节，这其实也是作品成功的标志。这电影一开头，大家在得月楼干得热火朝天的，而杨友生则在家里蒙头大睡，还推脱是"闹钟不响了"。大家教育他，服务行业要"笑脸相迎"，可是，他没有解决思想上的问题，笑起来比哭还难看，顾客以为他是神经病，拔腿就逃。杨友生还把带着被铺来店里工作的商业局科长没好气地往外推："走走走，这是饭店，不是旅馆。"母亲见他这个态度，心想找个对象也许会好起来，于是与邻居合计，让他到公园与一个当护士的姑娘见面，哪知道这个护士之前来饭馆吃饭时，被杨友生骂为"葱油饼脸"。杨友生一边怕护士认出来，拿着一张报纸遮住装作看报，一边又忍不住想看看这美貌的姑娘，便在报纸上抠了个洞偷看……这都让我们哈哈大笑起来。后来，杨友生觉得在饭馆混不下去了，也坚决不做服务员了，要想办法调到表妹所在的茶场，做个工人多爽快啊！场长听说他是饭馆里经验丰富的厨师，满口答应，要安排他到食堂工作，他骑着自行车落荒而逃，结果从山坡上滚下来，摔伤了。大家拦住公共汽车，下来的驾驶员和顾客，都和杨友生相识，杨友生都与他们吵过架，但他们不计前嫌，把他抬上车，送到医院，结果到了医院，照顾他的又是"葱油饼脸"护士，于是，杨友生彻底受到教育，只有职业分工不同，没有贵贱之分，从此尽心尽职做好服务员，让顾客满意。

这是老戏新看，也是我第一次看喜剧电影，感觉还有这种电影式样，真是太好看了。这个时候，同样"复映"的《五朵金花》也是喜剧电影吧。

想不到，新时期，中国拍摄电影的速度这样快，1979年就出产了喜剧片《甜蜜的事业》，呈献给观众。该片剧情地点是真实的，即广东省新会县会城镇（现广东省江门市新会区会城镇），全片似乎说的是两个事，甘蔗种植、加工和人类的计划生育工作，又可以概括为一句话，一个事：甘蔗生产地的计划生育工作，这不，把"甜蜜"的事业包含进去了吧。故事说的是，一心想搞甘蔗芽片育秧试验的唐二叔有5个女儿了，请注意，最大的女儿叫招娣，是李秀明扮演的。唐二婶生出第6个女儿后，还要坚持生，非生下个儿子不可。这下，把管计划生育工作的田大妈急坏了，田大妈的儿子五宝是糖厂的司机，是招娣的恋爱对象。最后谈下来，以田大妈的儿子五宝到唐家当上门女婿为条件，让唐二婶做绝育手术。唐二婶家的工作做好了，可面对自家装扮好的新房，田大妈心头空荡荡的，这个时候，田大妈女儿的对象农技站技术员愿意入赘。真是皆大欢喜，新事新办新风尚啊。

历经"文革"的十年禁锢，能否就一下子拍摄出受观众喜爱的喜剧片来，这也是对电影工作者的一个考验。不过，观看以后，我以为是成功的。从主题表现上,计划生育工作有难度,但毕竟唐二婶最终做了绝育手术,唐二叔深有感触地说,我也可以有精力从事研究工作了。田大妈是基层干部的形象,小人物,大操劳,默默奉献,为了让唐二婶做绝育手术,把自己的儿子都"嫁"了。从细节表现上,该片充满着喜剧元素。片头,是以糖果为背景,跳跃出来不按顺序排列的"甜蜜的事业"5个字,经过一番推搡、拉扯,终于排列出了"甜蜜的事业"。五宝驶着卡车来了,见到田里拿着水管浇水的招娣,一个急刹车,车厢里的人们都甩了个"大跟斗"。五宝跳下车,向招娣跑去,招娣拿着水管转了个身,水管喷射的水都到了五宝身上……最难忘的是,招娣和五宝伏在草地上,畅谈未来美好生活,然后,两个起身,拉着手转起圈子来,转了两圈后,招娣放了手,让五宝摔了个"大屁蹲",接着,就是招娣挥舞着一条丝巾就逃(不知道这条丝巾一下子是从哪里冒出来的,哈),五宝就追。招娣跑过沟渠,跑过菜园,跑过山坡……五宝就那么一直追着,笑着,慢镜头……据说这成为一个经典的镜头,表现男女青年的浪漫、幸福和奔放。招娣和五宝伏在草地上的镜头,成为照片,印制在杂志的封面和封底,让我们久久凝视,特别是招娣的扮演者李秀明那双清澈明亮的大眼睛,引发我们无限的遐想。

同样是1979年上映的喜剧片《瞧这一家子》,从演员来说,有我们熟悉的故事片《红色娘子军》中的南霸天扮演者陈强,还为我

《甜蜜的事业》宣传画报（图片来自网络）

们推出了新星陈佩斯和刘晓庆。电影头尾呼应，从拍合影照开始
到拍合影照结束。只是开始拍的合影照是一家四口，父母儿女，陈
强、陈佩斯这对真实父子扮演剧中父子，待到最后变成一家六口
了，儿子和女儿各自找到了对象。故事讲的是毛纺厂老胡（陈强扮
演）当车间主任，秉承的就是得好好干活的观念，而女儿是挡车工，
与车间的修理工相恋，要搞技术革新，在编织机上安装什么电子仪
器，引起了父女双方的矛盾冲突，这就涉及观念问题了。儿子（陈
佩斯扮演）是话剧演员，不学无术，好吹牛皮，一次下水救人歪打正
着，与新华书店的小红好上了。这部电影要说是喜剧，那就在陈佩

斯和刘晓庆演的角色上了。《甜蜜的事业》的喜剧还是比较内敛的，而到《瞧这一家子》，则比较放纵和火爆了。陈佩斯在新华书店的天台上为职员排练舞蹈节目，大幅度的动作，高喊着别字连篇的口号（把"披荆斩棘"说成"披荆斩刺"，把"扭转乾坤"说成"扭转干坤"，把"如火如荼"说成"如火如荼"），让观众笑得酣畅淋漓。我们在写作中也有这样的经历，当把某某人物当作好人来写时，就觉得放不开手脚，就觉得写的人物没有了生活气息，就觉得干巴巴了。也难怪在观众中有这么一个说法：男一号，是让女一号来爱的，女一号，是让男一号爱的；而男二号，是由女观众爱的，女二号，是由男观众爱的。意思是当写配角时，往往放得开，能写出真性情来，敢说敢骂、敢爱敢恨，也有缺点，也会犯错误。写起来无所顾忌，才会出现鲜活的人物形象，让观众喜爱。老胡的女儿及女儿的对象，是当作先进人物来表现的，所以显得拘谨，人物形象也比较弱。而刘晓庆演的哪里是女二号，她是陈佩斯的朋友的女朋友，分明是剧中的真正八号角色——老胡一家六口，然后是她男朋友，然后才是她。可她生生地把这个八号人物——一个性格泼辣近乎疯疯癫癫的姑娘演得非常鲜明。刘晓庆因为这个角色，还获得了1980年第三届大众电影百花奖最佳配角奖。

1981年，又出现了以农村为题材的喜剧片《喜盈门》《月亮湾的笑声》，1983年，以城市为题材的《快乐的单身汉》也上映了……

# 印度电影：
# 《流浪者》《大篷车》《奴里》

　　《流浪者》，黑白片，是我第一次观看的印度电影。片头，在富有节奏的音乐、鼓点和歌声中，银幕上依次拉上一行行英文，应该是演职员表。这音乐、鼓点和歌声虽然优美，却夹带着紧张和忐忑，而背景一直是漆黑的夜空，一盏路灯下，一个小男孩与一条小狗相对而坐，互动着。

　　这是一个下午，但厚厚的窗帘把窗口遮掩得严严实实的，如同夜晚。我坐在县大会堂里，充满着好奇和紧张，不知道影片会把我带往哪个神秘的世界，告诉我一个怎样的故事。

　　影片采用的是倒叙的方式。法庭上，一起谋杀案开庭审理，法官拉贡纳特是原告，被告是流浪儿拉兹，却没有被告辩护人，这时女主角丽达出场了，她愿意为拉兹当辩护人，因为"除了我谁也不了解真相"。她是富家之女,是美丽的大学生,原告是她的老师、义父,被告是她儿时的玩伴、现在的恋人——这是一个多么奇特的"三角"关系!

而最终揭开的谜底是,拉贡纳特控告的拉兹是自己的儿子,也就是说,拉兹要杀的拉贡纳特法官,是他的亲生父亲。

24年前,法官拉贡纳特的妻子被土匪扎卡劫走,扎卡原来是一个无辜者,但其父亲曾经是贼,扎卡就被拉贡纳特判刑入狱。拉贡纳特有个"原理",那就是"好人的儿子一定是好人,贼的儿子一定是贼"。当扎卡得知拉贡纳特妻子有孕在身时,心生一计,就放回了她。妻子回来了,但拉贡纳特不堪忍受社会上的传闻,以为妻子肚子里的孩子是扎卡的,就把妻子赶出了家。在风雨之夜,拉兹出生在臭水沟里,他随母亲在贫民窟中长大,扎卡"教育"他"去偷去抢去杀人去放火"。可以说,是父亲和父亲的仇敌扎卡这两股力量,让拉兹走上了歧途。当拉兹从监狱中出来,偶遇儿时的玩伴、富家之女丽达,两人相爱,拉兹也准备好好做人时,同样是扎卡和拉贡纳特两股力量阻止着他"从良"。扎卡逼迫拉兹,不让他去做工,要他跟着自己"去偷去抢去杀人去放火";拉贡纳特更不允许丽达与拉兹恋爱和结婚,因为"这个流浪儿连个父亲也没有",能好到哪里去,当知道拉兹是个贼后,更是严词拒绝(拉贡纳特与丽达父亲原是好友,丽达父亲去世时,把丽达托付给他)。被逼的拉兹杀死了扎卡,又去刺杀拉贡纳特,结果被抓,成为被告。经丽达的竭力辩护,拉兹得到从轻处理,判刑3年。丽达探监时,对拉兹深情地说着:"三年很快就会过去的,我等你。"

这部印度影片拍摄于1951年,在20世纪50年代就多次在国际电影节获奖。该片在我国于1955年首次上映,可以理解的原因,以后就停映了。到了1978年,只能说是重新上映。我能在这个偏僻县城里看到该片,要不是1978年,最迟不会超过1979年。有媒体评论道:"《流浪者》在中国最轰动的时期是在20世纪70年代末,那是在一代人遭受了苦难经历之后,影片引起'十年浩劫'之后中国人的共鸣。"《流浪者》具有强烈的社会批判性,人们在同情拉兹的不幸遭遇的同时,更多的是被丽达的善良和正义所感动。丽达那句"三年很快就会过去的,我等你",一直在我耳边回响。

《大篷车》,彩色片,是一部惊险爱情片,不知道这么表述是否妥当和准确,讲的是女主人公在逃亡、复仇的路上,产生的美丽爱情故事。孟买一家大工厂主的独生女儿苏妮塔,在新婚之夜忽然发现新郎拉加正是杀害她父亲的凶手,她夺路而逃,拉加则一路追杀。苏妮塔在逃亡的路上,搭上莫汉和伙计驾驶的大篷车,去找握有她父亲亲笔信的舞女莫妮卡,可没想到,莫妮卡以这封信相要挟,又与拉加好上了。于是,苏妮塔加入了大篷车车队中,而车队中有个吉卜赛女郎喜欢莫汉,这下冲突迭出。苏妮塔又去向父亲的老朋友卡拉马长德求助，拉加又派人杀了他。最后拉加毙命于赶来的警察枪下，倒在自挖的坟墓里。整个故事环环紧扣，冲突迭出，情节清晰，最后坏人没有好下场，好人花好月圆。

苏妮塔遇到的莫汉无疑是本剧宣扬的主角，他热情奔放，富有正义感，愿意为她牺牲。但同时，影片也生活化地塑造了这个人物，并非一味地以"好人"来表现他，因此，他更具有观赏性，更是有血有肉。比如，在途中，莫汉抓住偷吃了他土豆的苏妮塔，就大声呵斥、大发雷霆；当苏妮塔拒绝了他的求爱时，他发酒疯、他骂人、他打人……

似乎该让他们幸福地生活在一起了，但想不到，影片的最后一分钟，出了个"意外"，来了个"反转"又"反转"，大篷车队来与苏妮塔告别，莫汉说："苏妮塔，我也要走了，我属于贫苦的吉卜赛人，属于流浪的大篷车。"蜿蜒的大篷车队，莫汉把着方向盘，有着失落和惆怅，忽然，前面道路上站立着苏妮塔。苏妮塔说："你也许不属于我们家，可我是属于你的。"从编剧来说，这无疑是成功的，结尾"圆"到主线上来，"归"到主题上来了，表现了苏妮塔忠于爱情，毅然舍弃了优裕的家庭条件，过上了欢快的流浪生活，浪漫又坚定。但这在现实生活中是不可能的，这个富家女，这段吉卜赛人的流浪生活，只是她人生的一段经历。此片我国译制于1979年，那么，我的观看时间也只是稍后于《流浪者》。

无论是《流浪者》还是《大篷车》都属于长篇，放映时长分别是2小时48分钟和2小时41分钟，可以想象当初我是如何享受着这饕餮大餐的。又歌又舞是印度电影的一个特点，也是印度电影的一个表现手法，无论要表现快乐、悲伤或者彷徨，总是通过大段大段的歌舞来抒发。如果这些歌舞能有节制地表现，甚至点到为止，也许这两部影片的放映时长两个小时就足够了。

电影《奴里》在印度出品是1979年，似乎在中国的上映时间也是1979年，两者几乎同步，这与以上两部电影有所不同，但在这三部电影中，我最迟看到的应该是《奴里》。《奴里》讲述的故事比较简单，而且主题也并不是多么独特和深刻，几乎是几千年爱情故事的翻版和延续：穷人家的孩子相爱，有钱人横插一脚。《奴里》延续了印度电影又歌又舞的特点，只是比前两部有所节制，因此放映时间也短得多，全长两小时还缺5分钟。在那个山村里，美丽的女孩奴里和约瑟夫相爱，他们用歌舞来表达自己的心声："快来吧，亲爱的，快快步入我的心田，让我心中的渴望得到滋润，早晨的阳光明媚、柔和，晨曦照进我的心灵，它柔声细语地问道，你可知，你的心上人是谁？快来吧，快快步入我的心田，告诉我。痛苦是如此的甜蜜，企盼是那么的焦虑，我对爱情的渴望，已让我几近痴狂，我能想像它会有多么的热烈，我不会远离你的，我愿长伴你左右，直到永恒，我都属于你。我对你一见钟情，你给我带来无限幸福。"背景是荒芜的山坡、颓败的房子、奔跑的绵羊、流淌的溪水……但当两个为爱情陶醉、为爱情激动、因爱情而青春勃发的男女闯入画面时，画面也变得生动起来，充满着生机。奴里的美貌，让伐木场场主巴希尔垂涎。他设计害死了奴里的父亲，借故派约瑟夫去城里收账，在风雨之夜，强行闯进奴里家，强暴了奴里，奴里受辱后，跳河自尽。从编剧的角度来说，这里设计得非常的好，就是让奴里家的被拴住的狗成为目击者——因为拴住，当然不能帮上奴里，只能狂吠和奔突，又直接目击强暴的场景，留下了线索。当然，电影在前面已经对这条狗做了铺垫，它是如何的善解人意，如何的有灵性。约瑟夫回来后，既痛苦又对奴里的死不得其解，这时，狗出现了，对巴希尔狂吠猛追。约瑟夫明白过来了，于是，与巴希尔展开了一场生死对决。巴希尔死了，约瑟夫带着重伤之身，爬到了从河里捞上来的奴里尸体身边，也死去了。这就是鲁迅先生所说的：悲剧，就是把美好的东西毁灭给人看。一对帅哥美女，就这么死了。该片宣传了印度电影一以贯之的爱情主题：忠贞不渝，但观众面对如此悲剧，又会自然而然地想到另外一个问题：是生命重要还是贞操重要呢？女主角奴里的扮演者普拉姆·达伦，1977年获得"印度小姐"称号，当时只有15岁，并参加了世界小姐评选。那么，普拉姆·达伦在1979年拍摄《奴里》时，只有17岁，可谓惊艳了世界：高挑的个子，凹凸的身段，美得让人心醉的容貌。在一个论坛里，我看到一个帖

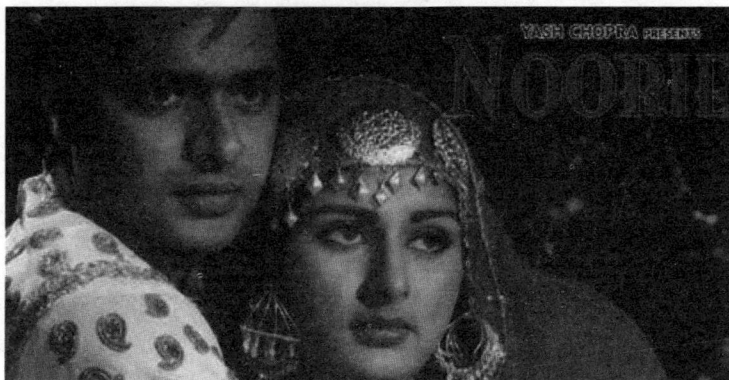

《奴里》海报（图片来自网络）

子："1982年秋季,15岁的我穿越了9个村庄,走了将近10个小时,饿着肚子步行了40多公里,终于看了一场露天电影——《奴里》,至今都无怨无悔！"

这就让我想到一个问题,尽管这个世界上存在着国度、语言、宗教等差别,但人类有些思维、情感和审美,是惊人的一致。戏剧(我认为电影、电视只不过是从戏剧中衍生出来的,本质上还是戏剧)该如何演绎人生、编织故事,印度电影为我们打开了一扇窗,新奇又美轮美奂。

# 新长征突击手和万元户

    进入20世纪80年代，一个荣誉称号成为热门词语，成为年轻一代的标杆，那就是"新长征突击手"。

    其实根据现在可以查到的资料，这个称号早于1980年就正式出现了。"1979年3月1日，共青团中央发布了《关于在全国青年中开展争当新长征突击手活动的决定》，揭开了活动的序幕。同年9月19日，团中央在北京召开全国新长征突击手命名表彰大会，首批命名表彰了10面新长征突击队红旗、155个新长征突击手（队）标兵和万名新长征突击手。"在随后的十多年里，团中央和地方每年都命名表彰一批新长征突击手和新长征突击队。

    社会主义建设进入了新时期，实现四个现代化是新的长征。那些能够评上新长征突击手的，都是各条战线上为实现四个现代化做出优异成绩的又红又专的青年先进人物。于是，报纸、杂志、电台和电视等媒体,时常大篇幅地报道新长征突击手的先进事迹。其中影响特别大的人物有中国女排队员孙晋芳、身残志坚的张海迪、为中国赢得奥运会第一枚金牌的许海峰……当然,更多的是基层人物,是那些车间主任、生产班长、技术标兵、革新能手等。他们心怀理想,钻研技术,埋头苦干,攻克难关,干出了一流的成绩。每一次读到、听到这样的报道,我们都会心情激动,满怀崇敬,他们是我们年轻人的排头兵,是学习的榜样,是时代的楷模,他们在我们心中就是英雄。他们分布在全国各地,分布在各个岗位上,如明星般璀璨。

我认得当地一名新长征突击手。在县职工业余学校,有一个来自物资局的名叫孙勤勇的同学,做的类似于学生会工作,当然那时是没有学生会的,但他穿梭在各个班级负责联络。一个同学悄悄地告诉我,他是新长征突击手。顿时,我就觉得他很特别了。一次在一家商店,我正买着什么,这位孙姓同学从店前走过,营业员指点着:"就是他,技术比武,蒙上眼睛,光靠手摸,就能叫得出各个零件的尺寸、型号,这可是真本事。"就因这套过硬的本领获得新长征突击手称号? 我不得而知。

20世纪80年代初,另一个名词横空出世,震惊世人,那就是"万元户"。这是多么让人羡慕的称谓,所谓的万元户是指年收入或存款达到一万元的家庭,而万元户又是和"个体户"这个名称连接在一起的。"个体户"又是一个新名词。之前我国长期实行计划经济体制，一切都是集体的、公家的，就连街头卖油条的也属于集体经营，属于公家，个体的、私营的，一直被当作资本主义的尾巴打击和取缔。所谓个体户，就是经工商登记，从事工商业、运输业、餐饮业、服务业活动的个体劳动者。这是一个多么重大的突破啊！改革开放鼓励一部分人先富起来，八仙过海，各显神通，同时提倡自行就业，减少政府的就业压力。

最早一批个体户应该是出自城镇闲散人员，眼看着让政府安排工作无望，他们有种被逼无奈的意味。你说，城镇有职业的人员，明显有着优越感，不说机关干部，就是工人、营业员，哪能抛下体制，去当个体户？当个体户，首先在面子上过不去，长期以来的计划经济，一切靠政府，靠体制，而当个体户似乎是做讨饭生意，摆路边摊，开夜市，碰到熟人是多么难为情！其次是不敢担风险，开店做生意，哪怕开一个很小的加工厂，总得有资金投入吧？租场地，购设备，进材料，资金来源是一个问题，有了资金投入，亏了怎么办？还有一个顾虑，就是担心政府的政策会变了，更不敢冒这个风险。

想不到，第一批吃螃蟹的尝到了美味，金钱的诱惑力太大了，金钱也在改变着人们的观念。于是，大家纷纷加入这个行列了，甚至有在职者"扑通、扑通"地"下海"了，当然，那时候辞职的并不多，大多选择"停薪留职"。所谓的"停薪留职",就是每月交给单位数十元钱,保留公职,自谋职业,即使"呛水"了,也"回头是岸",这也算是系着"安全带"下海。

这时候,农民似乎也醒悟过来,原来除了种田,还可以干点别的事,也可以挣大钱呢。由此,又衍生出一个名词,叫"专业户"。所谓"专业户",就是指中国农村中专门或主要从事某种生产活动的农户,如养鱼、种花、养蜂、养猪、养蚕专业户等等。

于是,"万元户"诞生了,"万元户"也成为当地的政绩了。

而"万元户"于我,犹如高挂空中的月亮,可望不可即。还是来点实际数字吧,我刚进厂时,试用期月工资是25元,一年后,转为一级工30元,又一年后,转为二级工,35元……工人实行的是八级工资制,以后级别高了,每增一级的年限增加了,可能每一级的工资差别也相应拉大些,是六七元吧。还有,我们要上夜班,厂里发夜餐费,最初小夜班是1角,大夜班是1角5分,因为小夜班吃一餐夜宵,大夜班要吃两餐夜宵;又因为我们厂属于化工企业,职工有营养费,每天1角或2角。还有奖金。每月满打满算,也就四五十元,何况,这些补贴、奖金是按实际上班天数计算的,化肥厂一年有好几个月放假呢。因此,一年总收入也就500来元,你说离"万元户"有多远?得把20年所有的收入加起来,不吃不喝不花,才能凑出个万元户来。

"万元户"对于我来说只是一个梦,不但对于我如此,对所有挣工资的人们来说都是如此——"万元户"只属于那些个体户、专业户。当然,随着改革开放的深入,个人可以承包企业或者企业的一部分,那些挣工资的也可以成为"万元户"了。

"万元户"只是挂在我们嘴边说说的事而已。对,只是说说的事。我县城北区石粘乡(现温岭市城北街道)有个农民叫张天津,是个养鸭专业户,还搞一体化养殖,就是除了养鸭外,还养蚯蚓,又种植葡萄,综合开发,循环使用。张天津成为有名的"万元户"了,报纸到处宣传,还作为个体户、专业户的代表(好像只有五六位),赴北京被党和国家领导人接见。张天津养鸭的名气大得很,他也成为养鸭的代名词,我们在酒桌上干杯后,如果发现对方酒杯里还剩有酒时,就会大喊:张天津啊? 意思是,还剩下这么多水(酒),足可以养鸭了呢,你难道是张天津吗?

在酒桌上大喊"张天津啊",成为我们当地的一个现象。我们没有见过张天津,但张天津的名字被我们不知喊了多少遍。

"新长征突击手"和"万元户",两者还是有区别的。"新长征突击手"立足工作岗位建功立业,讲求的是贡献;"万元户"追求发家致富,从而推进社会经济的发展。

# 热门词：
# 拨乱反正、百废待兴、改革开放

20世纪70年代末，历史的脚步走到这里，一个词对此给予了高度概括，同时，这也是一个号召："拨乱反正。"在那个年代，这是一个出现频率相当高的词，不管是媒体还是大小会议上，常常出自大小官员之口。

但我总是担心，大家在口头上表述是肯定不成问题的，但在书写上是否会出错，字面意思是否真正理解，具体是指会不会把"拨"写成"拔"，把"反"的意思理解为"反对、反抗或背叛"等义项呢，如我们常用的"反霸、反封建或反叛、官逼民反"中的"反"呢？其实拨乱反正的"反"是一个通假字，即"返"。

拨：治理；乱：乱世；反：通"返"，恢复；正：正常。

整个意思是指：治理混乱局面，恢复正常秩序。

我这个担心不是多余的，至今还能在网上看到有人在提问：是拨乱反正还是拨正反乱？显然，关键还是没有理解好"拨"和"反"的意思。

拨乱反正，正本清源，任务艰巨又迫切，这是首要问题，需要清醒的认识，也需要勇气和胆魄，让中国走到正常的轨道上来。

"百废待兴"这个词，与百废俱兴相对，一字之差，意义却相距很大。待兴，是等待兴办，而俱兴，则是全部兴办好了，而且百废俱兴这个词来源悠久，宋朝的范仲淹在《岳阳楼记》载："庆历四年春，滕子京谪守巴陵郡。越明年，政通人和，百废俱兴。乃重修岳阳楼……"以我私下推测，百废待兴，应该是个仿词。

打倒了"四人帮"，结束了"文革"后，中国几乎是个"烂摊子"，经济几乎到了崩溃的地步，各行各业萧条，比如，各大中院校几乎停办，面对这个局面，既有广阔前景，充满着喜悦和希望，更有着繁重的任务，承受着巨大的重建压力。

"拨乱反正""百废待兴"这两个词逐渐淡出了人们的视线，而"改革开放"这个词至今还在盛行，如今，我只是站在当年的位置上做些表述。

"改革开放"是包涵着巨大张力和生命力的一个词，给人坚定、信念和力量，更给人以希望。当年中国的改革是从农村开始的，连续几年，中央都要发一个针对农村的"1号文件"，这个"1号文件"几乎成为农村改革的代名词。落实了农村联产承包责任制,农民的劳动热情像火山一样爆发了。原来的生产队劳动,大家吃着大锅饭,消极怠工,事不关己,而现在耕种好自己的"一亩三分地",有没有饭吃,都掌握在自己的手里了。工厂里的工人则开始有"奖金"了,企业根据每月的经营情况、工人的工作岗位和工作量,每月计算出"奖金",作为工资收入的一部分发放,只是这一块"工资"是会上下浮动的。工厂改革,似乎比农村改革复杂得多,阻力也大得多。蒋子龙发表在1979年第7期《人民文学》杂志上的《乔厂长上任记》,之所以引起强烈的轰动,在于它触及了当年国有企业的沉疴痼疾,在于这个意志坚强、雷厉风行的乔光朴厂长的人物形象,顺应了这个变革的年代呼唤英雄的社会心理。而1980年1月12日王蒙发表在《人民日报》上的小说《说客盈门》则举重若轻,表现出王式的幽默。该文说的是老干部丁一落实政策后,担任玫瑰糨糊厂的厂长,丁一上任,发现糨糊厂被搞得一塌糊涂,问题有两个,一是管理不善,做糨糊的副产品面筋明拿暗揣,私分私卖;二是纪律十分松弛。丁一抓到了一个典型,叫龚鼎,这个龚鼎是个合同工,前面两项全占了,一是连续四个月不请假也不上班;二是大模大样地到工厂要面筋,不给就大吵大闹,还打管理员,关键的是还弄出个第三条,龚鼎拒不到厂,拒不接受教育。厂里贴出布告:按照有关规定和细则,解除合同,除名。这下,"说客盈门"的好戏就登场了,因为这个龚鼎是县委书记的表侄子。

说客当中,有领导,有朋友,有同事,有亲戚;有淳淳教导的,有笑容可掬的,有施以利害的,有温情脉脉的,有咄咄逼人的,有晓之以理的,有声泪俱下的,有威逼利诱的……达"一百九十九点五人次",总之一句话,收回给龚鼎除名的决定。但不管如何,丁一拒绝了所有说项,糨糊厂的生产也上去了。小说最后是这么结尾的:

> 丁一到省城开会,人们让他介绍经验。他上台,憋红了脸,说了一句:
>
> "共产党员是钢,不是糨子……"
>
> 台下哄笑。丁一又说:
>
> "不来真格的,会亡国!"
>
> 丁一哽咽住了,而且掉下大颗的眼泪。
>
> 全场愕然、肃静,静默了一分钟。
>
> 掌声如雷。

丁一最后胜利了,但也表明着改革的不易,哪怕是把一个违反纪律的合同工除名。

改革是针对自身,开放则是对外了。引进外资、引进技术、引进管理经验,大力发展对外贸易、大力加强文化交流……其他方面也许我陌生，接触不到，但作为一个文学青年，没有对外开放，我哪能读到《复活》《安娜·卡列尼娜》《基督山伯爵》《飘》《静静的顿河》等长篇小说？没有对外开放，我哪能知晓但丁、海涅、歌德、普希金、泰戈尔等诗人？没有对外开放，我哪能看到《追捕》《流浪者》《巴黎圣母院》《冷酷的心》《摩登时代》等海外电影？

对于"拨乱反正、百废待兴、改革开放"三个词，我根本不可能也根本没能力从宏观上做出论证和阐述。只能将当时一个山坳里的青年工人所经历、所见闻、所感触的写下来，真可谓是一鳞半爪，如果能引发那个年代过来的人回忆，我的目的也就达到了。

# 参加县首次文代会

　　本书以 1985 年作为结束年，是因为 1985 年对于我来说，是好多事情的一个交接点。

　　1985 年，我参加了县首次文代会，即温岭县第一次文学艺术工作者代表大会，这也标志着，县文联成立了。

　　开始写这篇文章时，我要找出这次会议的具体时间。我曾经保存着一张这次会议的通知书，通知书上附着一张县剧院的入场券，还有这次会议的材料，我把这些归入一个档案袋里。可这些都已经找不到了，应该是在上次搬家时扔掉了。

　　把参加首次文代会归于 1985 年，我还有一个记忆"支撑点"，那就是作为代表的江健（后起笔名"江一郎"）全程没有参加会议，正在家里全力以赴复习，准备参加电大入学考试。此前，我与江健没有多大交集，仅仅是打过照面，有过简短的交谈而已。之所以还记得这么清楚,这么关注他,是因为此时他的诗歌创作已在文坛崭露头角,在温岭当然更有名气了,我有点仰慕。我们是1985年9月上了电大开始交往的,所以我推定江健在家复习准备考试,应该是在1985年上半年。读电大后,好像我问过他为什么读电大要参加考试(我是没有参加入学考试,直接报名参加学习的),记得大致是这样的,因为参加电大学习,要经过单位盖章同意,而各个单位的态度和处理方式也不同,他们厂的意见是,你们要读书就要办理手续脱产学习,以免影响上班,那脱产学习必须要通过考试录取,要不,你如何有凭证或有理由说是去读电大呢。因此,江健还有同厂的陈红华考取了电大,这个本来是不脱产的汉语言文学班,他们最终是全脱产出来读电大的,是停薪还是发生活费,我已经忘记了。但不久,江健被新建立的县文联借用,应该是县文联与花边厂办理手续,江健的工资由县文联支付。这样,江健以另一种形式重新开始边上班,边读书。借此,纪念一下不久前因病去世的江健先生,他是我的好朋友。

稍稍转了个弯,停留了一下,但还是没有确切的县文联首次代表大会召开的时间。我想到了1992年版的《温岭县志》,不妨一试。首先在目录中检索到"第十六篇党派群团",再找到其第四章"群众团体",又找到其第八节"文艺工作者组织"时,我觉得有门了。翻到第550页,我找到其中一句"1985年2月10日至12日召开首次文学艺术工作者代表大会,出席代表212人,选举产生温岭县文学艺术界联合会第一届委员会……"

这证明了,我对县文联首次代表大会在1985年召开的记忆或者说推测,是正确的,但我对其中的"2月10日至12日"产生了兴趣,这是农历的年末还是年首呢?好在现在科技发达,网络便利,马上搜索,得到的结果竟然是甲子年(也是我的本命年)的十二月二十一至二十三。也就是说,会议结束的第七天就是除夕,第八天就是春节了。这有点出乎我的意料,对于首次文代会,我真的没有"冬天""寒风冷雨"的感觉,也没有留下过年将至匆匆忙忙的印象。

但文代会其他一些情景,记忆则是清晰的。

参加县首次文代会是从一张表格开始的。我和同厂的吴茂云分别收到文联筹备组寄来的县文学艺术工作者代表大会代表的表格。表格的末处注明是,送县文化局一位陈姓副局长收。我和吴茂云骑着自行车到文沁园处的现市文化馆,来到二楼找到陈副局长送上了表格。这幢六七间的四层楼刚建成不久,底楼是县图书馆,二楼是县文化局,三楼是县文化馆,四楼是演艺厅,文联成立后暂时在二楼办公,后来搬进了县政府大楼。现在我还是有点不解和困惑,这个收集表格的差事,交由一般办公室人员就可以了,怎么由一个副局长来亲自干呢?难道县文联代表会是那么的郑重和高档次?

开幕式或者说主会场是在县剧院举行的，前面说到我曾经收藏的这次会议的通知书上附着一张剧院的入场券。进入剧院开会倒是没有人检票，这张入场券的功能其实是对号入座，我的位置在剧场的中间，与我相邻的是一位四五十岁的男人，个子瘦小，文文静静、白白净净的，他倾过身子，问我叫啥，我做了回答，他自我介绍说叫徐锋，是写书法的。这么多年了，这个徐锋的姓名我还记得，大概有几个原因，一是他的名字中有"锋"，我的名字中有"峰"；二是好像他还打开发来的资料，翻到代表名册，指着"徐锋"二字说的；三是他温文尔雅，对着我这个小青年，和气得很。这么多年过去了，我再也没见过他，只是在书法作品展和书法作品集上见过他的作品，署名简介上写着的工作单位是什么法律事务所。愿他健康长寿。

接着是分协会活动。我们的协会叫温岭县文学工作者协会，召集人是县文化馆的梁辉。地点放在县文化馆三楼北面的会议室，现在分隔成两间办公室了。会议内容是讨论、座谈、选举协会理事会，也就是说，这次会议是文联和下属各个协会一起诞生的，我们作为文学协会的代表参加，但文学协会的领导班子，如同文联领导班子一样，还没有产生。

在会议室开会，不同于在剧院，范围小，面对面，在介绍中，在打听下，或者揣摸，哪怕没有交谈，但也应该彼此都认得了。一批是年龄比较大的,四五十岁吧,有县农业局的梁祖霞,他是写科普作品的;县科委的陈必铮,他是写寓言的;县财政局的陈复援,听说以前是写诗歌的;县委报道组的江凫生,写报告文学的,在代表中有几个是他的学生;还有城关运输社的王正坤,写小说的……而另外一批,就是与我年龄相近的,或比我大几岁,或比我小几岁,县文化馆除了梁辉外,还有林敏、许杰;县化肥厂除了我外,还有吴茂云;城南中学的丁竹、县横湖小学的余培西、县外贸公司的沈文军、县渔业塑料厂的郑文云、牧屿的胡君土、石粘的吴剑波、泽国的王何方……还有这次会议以后,就再也没有见过的歃菊(笔名),她是位二十来岁的姑娘,是城南大闾或岙环人,文静地挺挺地坐在一边,既有乡下妹子的生怯羞涩,又有文艺女性的韵味和醒目;陈再鑫,松门人,长得比较单薄,但有点嫉恶如仇,记得在一旁与人谈到什么现象时,他愤然斥道:这些人都是互相吹牛拍马的。

文学工作者协会最后选举出了理事会,理事会推选梁辉为理事长。

文联主席由县委常委、宣传部长杨森兼任,县文化馆的副馆长郭修琳出任副主席兼秘书长,县文化馆副馆长盛光辉则任副秘书长。

会议期间的一个晚上,在文化馆的底楼,也就是图书馆举办了小型的联欢活动,搬开了阅览室的桌椅,代表在四周围坐着,中间是表演区,其中一个男性舞蹈干部,带着几个人,跳"十六步头"的交谊舞。那时兴起了交谊舞,我曾作为团干部外出参加过一个活动,硬逼着我学过几分钟的"十六步头"。据说该舞是最简单的,就是一对一对的,拉着对方的手,有点机械式地走完十六个步子就是,但我对这方面没感觉,还是没学会。这个晚上,这个舞蹈干部和带领的几个人,不但随意、不用心,而且确实没跳好,中途还停顿了下来,我对任何舞蹈都不懂,而恰恰对这个舞蹈有印象,看出了破绽,原来他们跳错了,跳不下去了。我和旁边的几个文学协会的代表就鼓掌,喝倒彩,他则转过头来,狠狠地瞪眼。而那个傅姓女子则不同了,好像她的父亲是县里的领导,她本来也是在温岭工作的,因跳舞非常出色,就调到大城市去了,这次是作为特邀嘉宾前来参加的。有人请她表演时,这个三十来岁的女子说得很诚恳:很抱歉,来得匆忙,没带上音乐磁带,最近我的《×××》获了奖,那就来其中的一段吧。舞蹈是音与形的结合,舞蹈没有了音乐的伴奏,确实影响了观赏效果,而且她跳的是专业舞蹈,但她跳得很投入、很尽力,尽管时间不长。

在会议结束的当晚,联欢活动升级了,在剧院举办,能上台的当然是戏曲、音乐和舞蹈协会的会员,我们文学协会的只能坐在台下做观众了。记得丁定定与人讲相声,以温岭特色事物做对子,上句忘记了,下句丁定定津津有味地叫道:王春生的烤鸭(王春生卖的烤鸭很有名的）。

本书记事年限为1985年，文代会结束，本文本该结束了，但这最后几篇采用的是落脚点或事件起始于1985年，但会随着这个话题或主题再"追叙"下去。

参加县首次文代会，我才24岁，是小字辈。现在猛一审视，如今倒成为老资格了，有着沧桑感。我不但是县文学艺术界联合会的首批会员，还是首批代表呢。

我加入了文学工作者协会，是由原来的"散兵游勇"被收编成为"正规军"的一员了？或由自封的、被人称为的"文学爱好者""文学青年"成为现在如协会名称所言的"文学工作者"了？

起码有种认同感，有种归属感了，有找到自己组织的感觉。说真的，当时以自己是一个文学青年为傲，但现在翻阅自己发表作品的记录，这个时候我写的稿件有变成铅字的，但真的也没有发表多少，除了文化馆发表的几篇，还有就是在《浙江工人报》上发表了几篇。我有幸被列为文代会代表，加入了文学工作者协会，成了文联的一员，这给我一种鼓舞和激励，在1985年、1986年，我发表的作品也多了起来，可以说是迎来了一个小高潮。

这么多年来，特别是我进入文化馆以来，在文学创作上从来没放弃过。在群众文化工作岗位上，我除了进行文学创作外，努力地尝试和涉及戏剧、曲艺、音乐、民间文学等艺术领域的创作，由此，我加入了省文联所属的多个协会,并且加入了中国文联所属的多个协会。但我不能忘记1985年初参加县首次文代会的激动和荣耀,这是一个起点。

还有,如果再往前推,当年那个清凉的早晨,我从大溪中学走出来,几乎是落荒而逃,名为高中学历,其实全是水分,我绝对想不到,许多年后,因为写作,我会成为具有正高职称的专业技术人员,用通俗的话来说——"弄个教授干干"。

如果说,我还是出了点成果的话,那么全来自"坚持"两字,在文学这条路上一直"坚持"走下来。我真正的学习,是从走出校园开始的。热爱文学,成为我的一种理想,同时,也成为我的生活方式。文学这个女神,或只是给你一个美丽背影,或是为你转身展现一个醉人微笑,或是对你冷冰冰的根本理也不理你,但你要一直追寻。是的,在追寻的道路上,你是要付出的,披星戴月,沐风栉雨,以致伤痕累累,精疲力竭,但你得毫无怨言,更不能停歇和放弃。

# 上电大了

1985年9月,我上电大了。

我成为中央广播电视大学温岭电大工作站汉语言文学专业班的学生,开始了新的学习进程。也可以说,我有了一个新的身份,是大学生了,尽管是专科,还是"兼职"的,就是不脱产学习,但也是挺骄傲和自豪的。你说能不骄傲和自豪吗?自己能成为一个大学生,这是当初从中学大门走出来后,做梦也没想到的,只有国家实行教育方式的多样化,我才能成为这个没有围墙大学的学生。

但我获得这个身份已经迟了3年。当温岭电大工作站1982年招收第一届汉语言文学专业班时,我也是报名了的,而且第一学期的课本和讲义都已经领到了,但最后还是放弃了。原因是,我刚调入厂部办公室不久,应该说是这批青年工人中最早从车间抽调到办公室的,工作非常的忙。我是文书兼打字员,同时还要做共青团工作。当时得知电大的授课方式是学生每天上午9点收听电台或收看电视上老师的授课，我哪好意思向领导提出每天上午从办公室回到宿舍收听节目呢？其实这也是不可能、不现实的事。而且即使工厂停工放假了，我在这个岗位上工作还得值班。因此，即使当时购买了收录机，我还是决定不上电大了：先放一放，以后再说吧。

第一届的学生毕业了，学习的实际情况是，课程确实是这么安排的，每天上午播放中央电大制作的辅导节目，文科课程大多数通过电台授课，小部分安排在电视上。但这些录制的老师上课的内容，都已经印成讲义发来了。可以想象，阅读的速度肯定大于讲述（收听）的速度，而且阅读可以自行安排时间，可以灵活机动，而收听节目则要根据电台和电视安排的时间，是硬性的，因此，文科生基本上不会去收听收看电台、电视上的授课节目，并不影响学习的进程和质量。获知这个情况后，我马上报名了。

汉语言文学班的同学，都是些喜欢舞文弄墨的人。有县花边厂的江健、陈红华，县糖酒烟公司的林建华，县台湾渔民接待站的陈其豹，县外贸公司的沈文军，县计划生育指导站的于新民、柯强辉，中国银行的吴希，县剧院的林建华，城关供销社的陈庆华，县石油公司的刘玉峰……这其中就有我原来在县职工业余学校的同学、文学社的会员，而原来文学写作班、文学社的林文君去读了电大的档案专业,潘永忠读了电大的法律专业。

电大以自学为主,电台、电视上的课不用去收听收看,但温岭电大工作站举办的面授课程,我们则全去了。这些课程大多安排在晚上,偶尔会安排在星期日。聘请的老师是当地比较有名气的,如第一学期的写作课,是县教师进修学校的陈诒老师,他后来还担任过县政协副主席。历史课则由温岭中学的金亚明(音)老师来讲授,据说他是省优秀教师,是从外面调回家乡的。金亚明老师虽然是从外地调回来的,但讲的是当地方言,很是风趣幽默。在讲到晋惠帝的"何不食肉糜"时,他用当地方言演绎得淋漓尽致:"没有饭吃,怎么不去吃糕、吃面、吃猪肉呢?"逗得我们哈哈大笑。

温岭电大工作站刚建了一座教学楼,在环城西路以外,还得过西校场,一条宽阔的溪流旁边,应该是县城的最边沿了,但它与县教育委员会、县教师进修学校相邻,与温岭中学也相近,也算属于教育区了。天气越来越冷了,夜里放学走出来,北风呼呼地吹,那个时候穿着比较单薄,没有现在的羽绒衣、保暖鞋什么的,我们五六个伙伴骑着龙头上挂着书包的自行车,穿过空旷的西校场,冻得直打哆嗦,越过环城路,进入狭长古老的人民西路。人民西路是石板铺成的,自行车骑上去,颠簸起伏,叮当直响。一个人叫了声:"冷死了啊。"另一个人接着说:"我们扛着自行车取暖吧。""呼"地一下,我们全下了车,蹲下身子,扛着自行车的三角杠起身,一队人马就这样嬉笑着,拼命地奔跑。

然后,我们去吃夜宵。现在的太平大厦后面的继光路上,有两间破烂的小屋,开着一家叫"好得来"的水饺店,名气蛮大的。每次放学后,我们就到这里吃一碗水饺。开始时,大家付钱是"不规则"的、随意的,也有可能抢着付,但后来我们定下规矩了,排好表轮流付。这下好了,出事了,水饺越吃越多了,这次我付钱,吃了我8只饺子,下次你付钱,我们得吃你10只,再下次,就吃他12只……越吃越多啊,放开肚皮吃,吃饱了撑着了还得吃。然后,大家各自骑车回家。

他们都是城关人,或者住在城关,就在附近,两三分钟就可以到家或到宿舍,唯有我还要在路灯的指引下,弓着身子蹬着车在夜色中穿行,回到偏僻冷清的山坳——化肥厂宿舍,拉亮电灯,继续读或写。

上电大的第一学期,因为离开学校多年,我已经没了学期的概念,觉得反正一个学期是挺长的,也没有去计算一下一个学期有几周,看看目前处于第几周。我还自以为聪明地认为,太早去掌握学习内容,到考试时又忘记了,划不来,得先放一放,因此,即使上了辅导课回来,我也把书包一扔,不去好好复习,不去加深理解。在干什么呢? 看课本外的文学书,搞"文学创作"。

某一个夜晚上辅导课时,老师突然宣布离考试只有两周了,真是猝不及防啊,我这才犹如大梦初醒,当地俗语把这种情形称为"大虫追到脚后跟了"。我一下子乱了方寸,慌了手脚,面对一大堆的课本、辅导资料、复习内容和订阅来的电大杂志,不知如何下手,甚至不知道先复习哪门,先看哪一本为好,关键是心里都没底,空荡荡的。这才真正知道什么叫时间紧迫,连上厕所都跑着去,买来速溶咖啡冲泡,猛喝提神,熬夜猛读。一口吃不成胖子啊,考试后,我忐忑不安地等待来了结果,犹如被浇了一头冷水,三门功课,二门亮起了"红灯"——补考。

我不敢再松懈了,第二学期一开学,我就进入学习状态,最显著的标志是,我竟然早起了。我的生物钟是属于"猫头鹰"式的,夜晚再迟也没关系,但早晨往往要呼呼大睡,我从小就是这个习惯。但现在压力山大啊,夜晚睡得迟是夜晚的事,而第二天一大早就开了门,搬出那条板凳放在门口(坐在床头看书会睡着),拿起课本或者辅导材料,背靠着门楣看起来。慢慢地,朝阳升起来,照耀着,照耀在我身上,照耀在一长溜的走廊兼阳台上,人家的门都还关着呢,静悄悄的。

第二学期结束,当得知全部科目考试及格,我才松了口气,满身轻松,心中的一块石头落了地。这以后我不但一路绿灯,而且越考越好,越学越顺手。这叫生于忧患,死于安乐;一分辛勤,一分收获。

最后一个学期要求撰写毕业论文,我提早准备了。选题是《关于电影喜剧片的思考》,之所以选择这个,大概一是因为我喜欢喜剧,二是当时我是电影公司的影评员。我拿着借书证到县图书馆借阅有关电影的书籍,不但翻阅已有的电影杂志,而且向亲戚借阅打倒"四人帮"后复刊的历年《大众电影》杂志,凡涉及喜剧电影的介绍和评论,我都剪裁下来。最后,我按规定的最多字数写好,顺利通过,这是我第一次写这个称之为论文的东西。

汉语言文学专业班,学制是两年,但学习时间是三年,大概是因为我们不脱产学习的缘故吧。学习采用积分制,即必修课达到多少分,选修课达到多少分,才能毕业。必修课是电大设置的固定课程,必须都得考合格才行,而选修课则每个学期可自由选择,结果我选修课的积分比要求多了一倍多。

电大生分为正式生和非正式生,所谓的正式生就是参加电大的统一考试,达到录取分数线的;非正式生就是直接报名,或者考试没有达到分数线的。两者的差别好像是如果考试不及格,一门课程在同一个学期,正式生可以有两次补考的机会,而非正式生只有一次。我是直接报名就读的非正式生。就读电大看起来很容易,其实是真正的"宽进严出"。我们这个汉语言文学专业班刚开始时,好像有五六十位学生,但到最后如期毕业的只有11人,其中就有我。

1988年9月,电大举行了毕业典礼,除我们汉语言文学班外,还有党政干部班、法律班、档案班等五六个班级如期毕业的学生坐满了一个教室,还设立了主席台,主席台上有电大领导,有聘任的兼职老师代表,他们当然得发表热情洋溢的讲话。我领到了红彤彤的毕业证书。举办过毕业典礼,接下来要拍摄合影。合影得拍两张,一张是全部班级合起来拍的,排列了好几排,前排当然是领导啊,老师啊,地点就在电大门口的泥沙路旁,立式照相机则架在路下的菜地上,因为人数多,拍摄自然难度加大,摄影师手捏气囊,不断地喊叫着:注意,注意,不要动,看过来,看这里……不断传来同学的戏谑声,我也喊着:笑一笑,笑一笑……另外一张是分班级的合影,因为人数少,则比较轻松自如了,一会儿就拍好。

可我经过三年努力拿到的毕业证书,这个填写上去的手写字实在是难看不说,竟然还出现了两个错误,一是把我名字的"峰"写成"锋"了,幸好在以后有限的几次使用毕业证书时没被对方质疑,倒是回到温岭电大时出现了问题。这是许多年后的事,我要报名就读电大汉语言文学本科,同时得提供专科毕业证书,这个负责招生的却坚决不承认这毕业证书上的"李剑锋"就是我居民身份证、居民户口簿上的"李剑峰",而且在这个毕业证书上有照片的前提下,还要我去打证明来,证明此"李剑锋"即彼"李剑峰",否则就不能报名。世界荒诞到如此的地步,是电大给我搞错了,却要我去叫人家来证明？别人如何能证明得了？幸好办证中心的公安窗口急民所急、想民所想，本来不是他们的事，他们却灵活地为我想了个办法，在户口簿上给我加上个别名"李剑锋"，总算让我办理了入学手续。光凭这一点，我就应该好好做一个遵纪守法、不给警察添麻烦的好公民。毕业证书出现第二个错误是把我的年龄由原来的"28岁"写成"38岁"，这个心理承受得有多大啊，一个人，一下子就虚长了10岁，对于一个28岁的人来说，38岁那是多么的大，甚至是多么的老啊！我高喊着：向电大讨回10年青春。真是日子如白驹过隙啊，如今，我已经58岁了，我的天，又觉得38岁是那么的年轻。

回首电大学习，包括在县职工业余学校学习，包括整个青春岁月的笼而统之的自学，我们这一茬人，基础差、起点低、底子薄，但是那么的锲而不舍，刻苦攻读，甚至到了废寝忘食的地步，这是因为对知识的渴求，在参加工作后，把自己在学生时代没有好好学习的遗憾补回来，当时有句流行的话叫"把失去的损失夺回来"。还有就是多掌握知识，提高自己的水平和能力，更利于工作，甚至骨子里想的都是"为中华崛起而读书"。在电大学习，严格得很，要想考试作弊连门都没有，监考人员都是各个县对调进行的。一次考试时，一个同学向老师请假上厕所小便（这是允许的），不知怎么的，接着又去了两三个，监考老师大概看出了什么苗头，偷偷地跟着去,在门外听到有嘀咕声,回来后,监考老师可以说是气势汹汹地连声斥责:出去! 出去! 出去! 其中一个是穿着检察院制服的

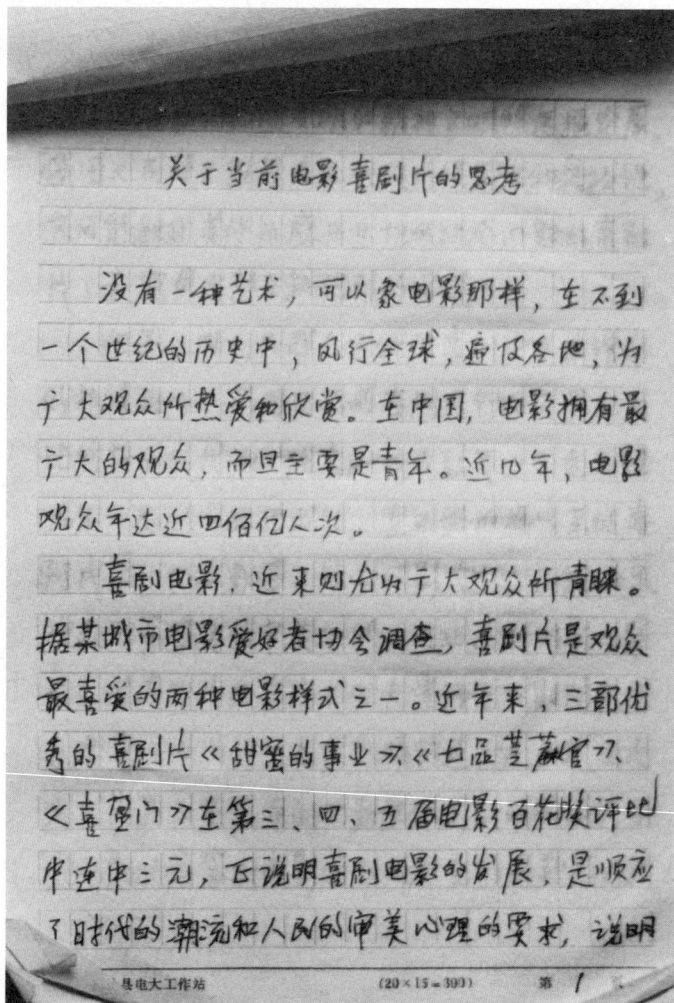

我当年写的电大毕业论文《关于电影喜剧片的思考》手稿

中年男人，而且看上去就是领导模样，一脸无辜，用现在的话来说应该是"躺枪"了，但他也不做申辩，只是默默地收拾起文具，把试卷放在桌上，和上厕所的几个人，一起走了出去——就这样中止了考试。

而多年后，中华大地上各个单位的干部职工纷纷报名参加的各类成人教育则变了味道，大部分人的重点是拿到文凭，而非学习知识。因为有了文凭，可以晋升职务、职称和工资。各个单位的整体学历都提高了，而业务水平、工作能力是否同时得到提升，则不得而知；倒是那些学校和教育机构，赚得钵满盆满。

在此，向那些在纯真年代发奋学习的同仁致以深深的敬意，并深切地怀念那段远去的时光。

# 当选团县委委员

1985年，我当选了团县委委员。

等等，这里的1985年是我的记忆，是我印象中的，平时想想，甚至说说倒无妨，但要形成文字，就得找到确切的依据了。

最终，我在1992年版的《温岭县志》上找到了，遗憾的是，白纸黑字证实我这次记忆和印象是有误的，准确的日期是：1984年8月20日—24日。与1985年相差数月呢。

县志记载这次会议的全文如下："1984年8月20日—24日，召开县第九次团代表大会，出席会议代表466人。会议号召全县团员和青年，振奋精神，立志改革，为进一步开创两个文明建设的新局面而贡献青春。会议选举产生共青团温岭县第九届委员会委员27人，委员会选出书记1人，副书记2人，常委4人。"

尽管不是1985年召开的，但本文还是以前面两篇的1985年的体例叙述吧。

俗语道,最淡的墨水胜过最强的记忆。还有一句是,好记性不如烂笔头。文字记录就是精确,但文字记录毕竟也有局限,像这次团代会在煌煌县志里也就这么干巴巴百来个字,而我的记忆则更形象,容量也更大。

上文说到县文代会召开了3天,而这次的团代会则召开了5天。现在讲究高效、节约,这样的会议一般开一天就够了,可当时的会议应该是从提供代表互相交流、互相学习的角度考虑,时间安排得都比较长。

会议放在县大会堂举行,以区为代表团,座位也以区代表团为方队安排。我们城关代表团则和县直机关代表团合并为一个方队,坐在左下角。每次大会开始前,都以代表团为单位进行拉歌,歌声此起彼伏,热闹得很。而每一个方队都有一个领队的,比如,领队的向某个代表团高喊:"××代表团来一个要不要?"本方队会响亮响应:"要!"领队继续喊:"一二三!"本方队跟着喊:"快快快!"如果对方反应不积极,有拖延,领队会继续喊:"一二三四五六七!"本方队跟着喊:"浪费时间真可惜!"而到对方齐唱完毕,领队会继续喊:"再来一个要不要?"本方队会齐声喊:"要!"轮到本方队唱歌时,领队则要领唱指挥。

城关和县直机关方队的领队是王克,他是以五交化公司团总支书记的身份当选代表的,但当团代会召开时,他已经调入县工人文化宫。王克是文艺的多面手,现在我们戏称他为温岭"书法界里歌唱得最好,音乐界里字写得最好"的人。他弓着瘦长的身子,挥动着瘦长的胳膊,面向我们领唱,之后指挥着我们合唱;然后转过身子,向其他方队拉歌。我们唱得热烈,喊得响亮,有一股不服输的劲头,尽显共青团的气势。当然,也有台下代表团向主席台成员拉歌的,记得主席台上一个来自学校的团委书记不会唱,就朗诵起陈毅的诗《青松》:"大雪压青松,青松挺且直。欲知松高洁,待到雪化时。"这才解了围。

团代会召开前,团县委新一届领导班子成员已经基本就位,新任书记是戴康年。戴康年是从温岭师范团委书记任上就任团县委书记的。以前团县委在招待所召开的一次会议上,我就见过这位来自师范学校的团委书记。他那么安静,文质彬彬地站立在露天楼梯的转角上眺望。温岭师范级别高,团员多,而且知识分子密集,团委书记也大有来头,我也只能这么默默地看着他,真是"盈盈一水间,脉脉不得语"。他上任团县委书记后,碰到他在化肥厂的一个同学,便向他打听我这个团委书记,他的同学刚好是我的好朋友,于是,他说,晚上他都在办公室的,什么时候过来见见,聊聊。于是,在他的同学也是我的朋友的引荐下,在那个春风沉醉的晚上,在县政府最后一排办公楼的三层,我和戴康年进行了亲切友好的见面和会谈。

这团县委我以前也时常来，很是熟悉，办公室与县妇联相邻，两间办公室，其中一间是领导的，那次是与新任团县委书记的历史性见面。那晚从团委办公室下来时，在底层的门口，灯光和月色下，我碰见了柯桂苑副县长，我仍然习惯性地喊了一声"柯厂长"。柯桂苑当化肥厂厂长时，我是文书，不久前他被提拔为副县长了。

就是这次团代会上，我当选为团县委委员，也就是县志记载的"27人"之一。城关镇共有三人进入委员会，还有两人是城关镇团委书记周春梅和县花边厂的团委书记杨慧萍。其中，周春梅还进入常委。其实这个委员职务不是给我个人的，是给我这个化肥厂团委书记的，我的前任张弘也是团县委委员。在当时，化肥厂和花边厂在温岭共青团工作中占有一定的位置，不仅仅是因为厂大，而且团员青年多，是县属企业中唯二由团委建制的，其他单位基本只是团支部，顶多也只是团总支。还有一个特点是，化肥厂男青年多，而花边厂女青年多。上一届团县委的一个领导，在县委党校举办的一个全县团干部会议上要求，化肥厂和花边厂要结成对子，多搞活动，解决青年的婚姻大事。这在当时成为一个谈资，成为一个嬉笑的话题——化肥厂和花边厂要搞对象。团县委在会议上的这个说法，这个要求，从现在来看，是很正常的，也是很现实的，但在20世纪80年代初，似乎思想还没有那么解放，这个好像还是羞答答的事，放到大会上这么一说，就引起轰动了。

其实在此之后，化肥厂和花边厂以及女工居多的丝厂，我们共青团是搞过联欢、春游等活动的，但要说通过这些活动促成了婚姻，那是一个零；至于通过另外的方式，化肥厂的男青年与花边厂、丝厂的女青年恋爱结婚，肯定是有的。恋爱和婚姻哪有这么简单，通过蜻蜓点水式的一个活动，就能牵了红线？我这个团委书记还一直打着光棍，连姑娘的手都没牵过呢。

当选为团县委委员，我似乎成为"县级领导"了。哈，这是玩笑，就像许多年后，我打趣一位戏剧干部当选为中国戏剧家协会理事是"成为国家级领导人"一样。但当选团县委委员，让我在24岁登上了人生职务的顶峰——从此之后，再没有什么职务超过它，其实之后我一直没什么职务。

前文谈到，在文学这条路上一直走下来，并有所收获，我归于"坚持"；回顾年轻岁月，共青团工作留给我的却是"奉献"：事业心，责任感，要有热情，要有闯劲、拼劲，豁得出去，不计较得失……

从最初的轮班团干部起，我们没有丝毫的补贴等报酬，团干部的职务也没有级别上的待遇，做的都是"额外"的事，但我们一门心思要把这份集体工作做好，日夜奔波，团干部时常聚集，想到的是团干部肩上的工作，那时思想很纯净，工作很努力。

到了文化工作岗位，如果严格按照分工来看，我编好一本杂志，再自己写写散文就好了，但我在文学创作之外，还涉及戏剧、曲艺、

温岭县第九次团代表大会城关镇代表团合影,我膝上的孩子是县
丝厂团总支书记的儿子

音乐等领域的工作,这完全是"自找"的,是自己主动承担的,凡是文
字类的,我都尝试着去做,所付出的精力当然是无法计算的。一个
时期,每个深夜上床临睡,我都要想好:明天上午做什么,下午做什
么,晚上做什么。各个艺术门类之间本质是相通的,但同时表现形
式又各有其手法和技巧,你得摸透各个艺术门类创作的规律。你要
投入大量的时间,要不断地否定自己写成的东西,才能最后成就一
个作品。多干"分外事",看似多付出了,吃亏了,其实也是得到了,
学到了本领,增长了才干,提升了水平——不然,我哪来这么多成
果? 没有这么多成果,我哪能加入这么多文艺家协会? 哪能这么快

就评上研究馆员职称?

去年为创作村歌,我带着一队人马下乡采风,在某村,支部书记接待了我们,经交谈,我才知道这位书记曾经也是戴康年任团县委书记时的村团支部书记。以后,他带领着班子,为改变山村面貌,做出了突出成绩,并当选为市人大代表。该书记向我转述他对戴康年所说的话:"我没有给你丢脸。"

我听后,非常的感动,一个五十多岁的村干部,还记着二十岁出头时当团干部的情怀,还记得二十岁出头时的"顶头上司":一个具有正能量、正面形象的领导干部,他所具有的影响力、辐射力是多么的巨大!

1983年,温岭县化肥厂团代会全体代表合影

# 恋爱了

1985年，我恋爱了。

这对于我来说，似乎有了一种老树终于要开花了的意味。

从现在来看，我当时的年龄，也只不过是现在大学刚毕业两三年，年轻着呢！但你有没有想过，我不到18岁就业，上班已经进入第8年，够荒芜的吧！

开始的时候，我有着文艺青年的孤傲和清高，不屑也看不起刚工作就谈婚论嫁——我的目标在前方呢。当然，我心中肯定对未来的朦胧的她充满着向往，祈盼着她的出现。这好像并不矛盾。

随着高中同学一个个结婚，一个个生儿育女；随着工厂的伙计有的结了婚搬到城里的家属宿舍去了，动作慢的也忙着与恋爱对象约会，我竟然叫不到一个一起去看电影的伙伴，这个时候就有点孤独、有点荒凉的感觉了。

夜里躺在床上，扳着指头，从安排工作第一年开始数，心都凉冰冰的：八年，抗战都胜利了，我还没找上对象，甚至没谈过恋爱呢。

当然，并不是没有机会恋爱和结婚，也有人给我介绍，我都婉谢了——好像并不是我梦中出现的她。

当然，我也并不是什么热门未婚男青年。首先，我不是"城关人"，没有房子。当时商品房还没有开始开发，造私房的也很少，但"城关人"就不同，不管是住公房，还是住自家破旧的小房子，毕竟有安身之地。尽管我们厂里在城里造了一幢套房，但也早被成家的职工分走了。唉，我不就是穷一些，难看一点嘛，怎么不看看我安分守己、好学上进的一面，怎么就找不到对象呢？反正我这个人，剔除了不好的，全是好的嘛。

1985年我遇到了她，不，准确地说她是1984年12月31日进厂的，也就是说在这一年的最后一天报到的。多年后提起，她说她也忘记了自己进厂的日期，但我记得，因为我在办公室工作，经常填写表格，各个批次进厂的职工我都记得。

犹如春风拂面，耳目一新，她的到来激活了我的男性荷尔蒙，什么风趣幽默、妙语连珠，一股脑儿都来了，我装作博学多才、见多识广的样子，还要通过温柔体贴、呵护关照的行动，俘获少女的芳心。但我没有强求，没有乞求，两人是自然而然走到一起的。我们彼此交谈甚欢,验证了"同心之言,其臭如兰"之说。我骑着自行车带着她到县城电影院,一起看的第一场电影是大型音乐舞蹈史诗《中国革命之歌》。在购票时,我们碰到同厂的一个工友,她害羞地低着头就走。而进去以后,又发现我们坐的是过道第一排,面前人来人往,起码在放映之前很不自然,应该隐藏在人群中才是啊。

我们没有波折,没有分分合合的纠葛,感谢她对我的不离不弃。但我们直到相处第四年,也就是过了整整三年后,才举行结婚仪式。这让我想起,当年刚中学毕业,在家待业时,我时常跑到老炳家玩,老炳的母亲是大队妇女主任,管计划生育,按辈分,我叫她"伯母",但按照我们当地的习惯,则叫"嬢(niáng)"。一次她说到结婚什么的,就对我说了一声:像你这样是居民户口的,结婚还得等5年。我心头一沉,失望得很:5年,多么漫长的等待啊!可实际是,我过了两个5年还要多才结的婚。

这么久结婚,当时我在读电大,似乎腾不出时间结婚,怕影响紧张的学习,于是直到1988年7月我结束电大的学业,才在年底举行了婚礼。这好像是自然而然的事,是一个无缝对接,完美安排,现在仔细想想,其实根本的原因应该是没有房子,要不在一两年前就可以结婚了。

尽管我们住在厂宿舍,但我有一个房间,还是蛮大的,那是一排宿舍中最边上一间,与其他房间相比,就是连走廊都做进去了。

她也有一个房间，但这集体宿舍不但离县城远，而且没有厨房，吃的是食堂。厂里似乎有个习惯，职工结婚了就得住到家属宿舍——当时建在县城的一幢宿舍里去。但宿舍早几年建成已经分配入住了，那只有待原来入住的因各种原因——比如自建了房子，调动了单位——退出了房子，后来结婚的职工才能提出申请，但每年还是僧多粥少啊。当然，也有夫妻住在厂集体宿舍的。

直到1988年下半年，我才分到半套房子，就是厂里把原来的一套房子分为两套。厂家属宿舍名为套房，但设计得并不理想，中间是走廊，所以一户人家并不是一个门口进出的，一套有三间房子的门都对着走廊。后来厂里把这样腾出来的房子再进行分配，都把它们分解为两套。原来一套房子是前面有两间卧室，后面有一间厨房，现在分为一间有阳台的卧室，搭配在原来楼下自行车棚改建成的厨房，一间没有阳台的卧室连着原来的厨房。当时分到房子的几个住户，到具体分配时，采用抓阄的方式分配，我抓到的是编号"1"，就是说，我有第一选择权。我想有个阳台，晒晒衣服、透透气。但有了这个阳台，厨房就有点惨。因这房子建在山坡上，厨房的地面上一年到头说潮湿都是客气的，有时候简直是水汪汪，最直接的佐证是结婚时打造的一张方凳（俗称"骨牌凳"）在厨房里使用几年后，四只脚全烂掉了。有些季节夜里开了门进去，会看到灶台上爬满了"田溜溜"（台州当地对蛞蝓的俗称），而屋顶上则会掉下虫子,落在折叠桌上。

　　结婚时,在这个城市里,我可以用年少时常读到描写旧社会农民生活状况的句子来形容,那就是"上无片瓦,下无插针之地",存款只有数百元。光想到这一点,还有一个女子愿意嫁给你,那就得待她好了。而其实这么多年,一直是她对我好更多,照料着我的生活,嘘寒问暖、关心备至,我也养成了"饭来张口,衣来伸手"的习惯。

　　日子就如流水般过去了,生活还在继续。面对婚姻,我是一个不懂浪漫为何物的人,说什么我也是一个文科男吧,还是搞文艺创作的,但什么惊喜、什么浪漫,统统与我无缘。从恋爱到如今,我没有送过鲜花,一直到手机可以发红包的今天,碰到节日什么的,也免了这一套,我的想法很简单:我的钱,不也就是她的钱嘛,还发什么红包,多此一举! 分明是讨巧讨好嘛,虚伪! 从恋爱到现在,我甚至没有说过那三个字。我觉得这三个字是需要体味的,是需要行动的,而一从口中说出,我就觉得太过轻飘飘,让人浑身起鸡皮疙瘩,甚至让人恶心。这一点上,我们夫妻俩是相似的,不喜欢搞什么形式,平平淡淡的,这么多年了,连生日也没有搞过什么仪式,最多当手机里有关机构发来生日祝福时,在饭桌上说一声:哦,今天还是生日呢。

　　这么多年来,家里的事务,全是她在照应着。我在做所谓的事业,其实也没有做出什么事业来。但我觉得,在我取得的业绩上,有她的付出。我这个人懒惰,有时候脾气暴躁,但是想想,我本质还是好的嘛,窝家,恋家,顾家。我的人生理想很简单:吃穿住保障,基本用度不愁;家庭和睦,家人平安;做一些自己喜欢做的事。

学会过日子,量入而出,不讲排场,不要所谓的面子,过简单的生活,踏踏实实,也会慢慢地好起来。从没有房子,到即将第三次搬入新房,这些住房也不是豪宅楼王,但也是日子过得好一些的印证。这是家庭生活的进步,也是社会的进步。买房子,在这个城市里拥有自己的住房,这在四十年前是我想都不敢想的事。

我很珍惜、珍爱自己的婚姻和家庭。

我和妻子早年的合影

# 后 记

这是一份青春记忆、民间记忆，也是一个时代的记录。

这本书的写作和出版，并未在我的规划中；它的出现，连我自己都觉得意外。但看似偶然，其实包含着必然，这同任何事物一样。

去年底，面临又一次搬家，我想，这次搬家，原有的家具、电器都不要了，但书籍是舍不得扔的，尽管又要残忍地淘汰一部分，但搬运书籍仍是一件费神劳力的事。这些书籍，特别是早期的书籍，每一本都有购买的故事，都印记着我青春的痕迹，我可否为这些书籍写一些文章呢？

这是我最初的念头，后来在网上看到"征集纪念改革开放40周年作品"的消息，有了新想法，调整为"以我个体的经历，反映春潮般涌动的改革开放初期的生活特别是文化生活。"

1978年12月,党的十一届三中全会召开时,我已18岁,是国有工厂的青年工人,同时,我也是那个时代的"文学青年""自学青年",亲身见证了社会的巨变,经历了自身成长的过程,回想起来,怦然心跳,恍如昨天。但是,我想得从历史重大转折开始写,从特殊时期之后社会物质和文化生活的贫乏写起,不然,如今的年轻人和后人,就无法理解改革开放。这样,我决定记事起于1976年9月。

于是,今年1月,我开始这写作,到4月初,这本书已经形成。除了五六篇是原来发表(出版)过,现在做了些修改和调整外,其他50多篇全是新写的。

我希望这100天努力的成果,能呈现在读者面前。

记录,是为了铭记过去,更是为了珍惜当下。

谨以此书献给改革开放40周年。

2018年4月